JEAN-JACQUES MAGNE

LASTERA

ou

L'HÉRITIER

1898

LASTERA

OU

L'HÉRITIER

SUIVI DE

LA POULE ET LE RENARD

JEAN-JACQUES MAGNE

LASTERA

OU

L'HÉRITIER

1898

Cet ouvrage, tiré à 3oo exemplaires numérotés, n'est pas destiné au public.

L'auteur en offre un exemplaire, comme hommage respectueux, à

Monsieur l'Administrateur Général Bibliothèque Nationale N° 107

et désire savoir, de lui-même, ce qu'il en pense, en toute sincérité.

Qu'il ne se presse pas pour lui donner son appréciation ; qu'il attende une nuit d'insomnie ou un jour de far-niente *: alors qu'il ouvre ce livre ; et le poète sera heureux, s'il a pu le distraire un moment, sinon l'intéresser.*

JEAN-JACQUES MAGNE.

La Tour Jehan-Jacques.

Ceux-là seuls, à qui j'offre mon livre, sont autorisés et priés de me faire parvenir leurs impressions, soit par la voie des journaux, soit par lettres : je ne me prévaudrai pas de l'arrêt de la Chambre des appels correctionnels du 5 avril 1898, donnant le droit de réponse.

J.-J. M.

I

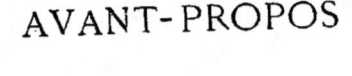

AVANT-PROPOS

1° Au mois de septembre 1874, je finis ma pièce : *Voleur !* comédie-drame en 3 actes, et je la portai à M. Roger, ancien directeur du Théâtre Cluny (où il me joua, l'année d'avant, une petite comédiette : *Le Docteur Printemps*). Il la lut, l'approuva et me fit la promesse de la jouer, s'il prenait le Vaudeville ; il le prit, en effet, et au mois de février, je la lui rapportai ; et, quoiqu'il m'eût promis, il refusa, étant, paraît-il, associé avec M. Raymond Deslandes...

2° Je la portai à M. Ballande, directeur du troisième Théâtre Français (ancien Théâtre Déjazet), le 4 octobre 1876, et dans le courant de février 1877 j'allai chez Ballande, et, quoiqu'il eût mis : *Réservée* sur la couverture et signé : J. M. B., je remportai... *Dettes d'honneur.* C'était le nouveau titre que j'avais donné à ma pièce.

Ici finit la pièce en prose que je traduisis en vers, le 1ᵉʳ août 1878.

3° J'en donnai une copie, sous l'ancien titre de *Voleur !* au Théâtre-Français..... et je fus également refusé.

4° Alors je donnai *Voleur !* à l'Odéon, qui fut, enfin, accepté par M. Duquesnel ; mais je dus, par des circonstances, je pourrais dire *malheureuses*, retirer ma pièce, qui allait être jouée ; et j'écrivis, à cette occasion, une lettre à M. Duquesnel, qui parut dans le journal *la Justice* en 1880. Depuis, je n'ai plus affronté les directeurs.

En 1888, j'écrivis, avec les trois actes déjà faits, un épilogue et une préface que je dédiai à Diderot.

C'est cette pièce et cette préface que j'édite moi-même aujourd'hui, sous le titre : LASTERA OU L'HÉRITIER, tragédie domestique en trois actes et un épilogue.

Entre ce temps-là et à présent, je fus recommandé par une lettre de mon bon camarade Grandmougin à un des principaux éditeurs. La recommandation, la voici :

CHER MONSIEUR,

Je vous recommande spécialement mon camarade et confrère Magne, auteur d'un drame très curieux comme réforme prosodique et comme exécution artistique.

Bien à vous.

GRANDMOUGIN.

L'éditeur la confia à son lecteur accrédité et voici l'écornifistubulante réponse que donna le lecteur *accrédité*, après lecture de mon *manuscrit* :

CES PIÈCES DE THÉATRE, MOITIÉ PROSE ET MOITIÉ POÉSIE, QUI N'ONT AUCUNE CHANCE DE SUCCÈS SUR LA SCÈNE, EN ONT ENCORE MOINS DEVANT LE PUBLIC DES LIVRES.

IL MANQUE ICI, DANS LE DIALOGUE, LA VIVACITÉ, L'EMPORTEMENT NÉCESSAIRES, ET, PEUT-ÊTRE, DANS LA PHRASE UNE CERTAINE POÉSIE. — ON NE VOIT PAS BIEN L'IDÉE PHILOSOPHIQUE OU SOCIALE QU'A VOULU TRADUIRE L'AUTEUR.

MALGRÉ LE TALENT,

ABSOLUMENT IMPOSSIBLE D'ÉDITER.

Malgré le talent!... MALGRÉ... LE... TALENT!... *Ah! mince de compliments!* dirait Gavroche.

Et dire que j'avais économisé les frais de l'édition, si l'éditeur voulait la faire figurer dans son Catalogue...

Cela me remet en mémoire l'aphorisme ironique d'Emile Bergerat :

Bien écrire?... c'est écrire imprimé... Bien trouvé, Bergerat ; ça y est! c'est imprimé, à présent !...

Alors, j'ai ri, à gorge déployée, devant ces turpitudes accumulées ; puis, reprenant mon sérieux, calme, grave, levant la main, comme pour attester la part, faible et humble, que j'ai prise à l'édification du génie de la langue française ; regardant dans le vague, comme à travers le temps, comme au travers d'un siècle, je me suis écrié :

J'EN APPELLE A LA POSTÉRITÉ !

Et je signe, en toutes lettres,

JEAN-JACQUES MAGNE.

La Tour Jehan-Jacques, 18 décembre 1897.

P. S. — Tout bien considéré, je remercie le Hasard ou la Fatalité qui a voulu que je me sois abouché avec deux directeurs de théâtre ; avec le lecteur *accrédité* de la Comédie-Française, en 1880, etc., etc., et qui a permis qu'ils me refusassent.

Je dois à leur refus d'éditer ma pièce aujourd'hui, et d'avoir pour lecteurs l'élite des poètes auteurs dramatiques et tout ce que le monde compte comme *summum* intellectuel, à l'heure présente ; le reste m'étant indifférent, à part quelques amis ; et non d'avoir pour liseurs des bourgeois ou des « fin-de-siècle » qui auraient acheté mon livre, parce que *c'est de la nouveauté* ou parce que *leur* libraire le leur aurait *glissé,* et qui, bâillant à sa lecture, diraient, en le jetant dans un coin : « C'est bien la peine de dépenser 3 francs », et s'endormiraient du sommeil de l'homme juste !...

J'ai évité le souci des répétitions ; le palpitement de la première représentation et le frôlement des *lecteurs accrédités.*

Merci à tous ceux à qui je dois l'édition de mon livre ; et, *surtout,* doublement merci aux trois cents qui le liront.

J.-J. M.

A

DIDEROT

1771 - 1888

DE LA POÉSIE DRAMATIQUE

A MON AMI M. GRIMM

Par DIDEROT, 1771.

— Et ce genre, comment l'appellerez-vous ?

— La tragédie domestique et bourgeoise... Les tragédies de Shakespeare sont moitié vers, moitié prose. Le premier poète qui nous fit rire avec de la prose, introduisit de la prose dans la comédie. Le premier poète qui vous fera pleurer avec de la prose introduira la prose dans la tragédie.

(Tome I, page 189.)

La tragédie domestique aurait la difficulté de deux genres ; l'effet de la tragédie héroïque à produire et tout le plan à former d'invention, ainsi que dans la comédie.

Je me suis demandé, quelquefois, si la tragédie domestique se pouvait écrire en vers ; et sans trop savoir pourquoi, je me suis répondu que non. Cependant, la comédie ordinaire s'écrit en vers ; la tragédie héroïque s'écrit en vers. Que ne peut-on pas écrire en vers ?

Ce genre exigerait-il un style particulier dont je n'ai pas la notion ? Ou la vérité du sujet et la violence de l'intérêt rejetteraient-elles un *langage symétrisé ? La condition des personnages* serait-elle trop voisine de la nôtre, pour admettre une *harmonie régulière ?*

(Tome II, page 275.)

PRÉFACE

PRÉFACE

Ceci n'est point la préface spéciale de l'œuvre que l'on va lire ; c'est l'explication et la justification d'idées générales dont Lastera n'est qu'un exemple.

Je crains cependant qu'on ne m'accuse de vouloir innover par ignorance et par esprit de singularité, alors que je n'ai d'autre ambition et d'autre but que d'apporter mon contingent à la poétique théâtrale et de continuer l'œuvre dramatique du passé ; et je le fais sans orgueil comme sans timidité, simplement parce que je crois de mon devoir de le faire.

D'ailleurs je n'ai, au fond, rien inventé ; et pour beaucoup ce sera mon excuse. Ensuite je préviens, une fois pour toutes, mes lecteurs, qu'il ne s'agit ici que du Vers dramatique à l'exclusion complète de toute autre forme prosodique. Ce que je dis de la césure, de l'hémistiche, de la rime, des rejets, enfin de toutes les conditions de la versification française, ne s'applique et n'est, en réalité, applicable qu'à la seule forme de la Tragédie domestique de Diderot, dénommée plus communément Drame et même Pièce, ce qui, entre nous, n'est pas bien compromettant pour l'auteur.

Il est possible, qu'en leur temps, les dieux aient eu, pour langage ordinaire, le vers et toutes ses pompes : pour qui ne boit que du nectar, ne s'alimente que d'ambroisie, la chose est naturelle et je n'y contredis point ; mais l'homme se nourrit de pain, de viande et de vin ; et quel qu'il soit, qu'il s'appelle César, Mahomet, Prudhomme ou Gugusse ; que le sort l'ait fait pape ou perruquier, sénateur ou souteneur, il est toujours le même mannequin que la société seule habille diversement, mais que la nature a jeté dans un moule unique. Et alors, non seulement aux grandes heures des passions, le fond de la pensée de tous ces hommes sera le même, et de ces bouches, instrument uniforme pour l'espèce, sortiront les mêmes articulations, les mêmes cris, les mêmes mots, je le maintiens ; mais, en dehors des crises, à l'état normal, dans la régularité des fonctions de la vie sociale et en dépit des atmosphères ambiantes, à certaines heures, sous certaines conditions, le paysan, le juge, le ministre, le prêtre et le *roi redeviendront l'homme tout nu (et chacun sait combien un homme tout nu ressemble à un autre homme tout nu, en dehors de toute esthétique), et si cet homme tout nu ne sacrifie à aucune hypocrisie ; si l'isolement lui assure le secret de son dévoilement ou si une pensée l'hypnotise, et à sa façon l'isole, à ces heures-là, sous ces conditions, charretier et cardinal parleront le même langage et proféreront le même juron. Or, le littérateur a parfois mission de phonographe ; et c'est non tant pis, mais tant mieux pour le lecteur. Le respect conventionnel de soi-même devant autrui met seul des points pour finir les mots. Cependant personne n'est dupe du honteux subterfuge ; chacun déchiffre l'énigme transparente et lit sans restrictions, sinon des lèvres, du moins des yeux, et finalement le pointilleur a commis une lâcheté ou une perfidie de plus.*

Mais du scrupuleux respect du fait-nature, je suis loin de conclure ni même de souscrire à la multiplication volontaire de ces faits.

L'observateur consciencieux, sans souci du qu'en-dira-t-on ? sans aucune préoccupation malsaine d'ostentation ou de timidité, enregistrera à sa place exacte le fait-nature ou le mot-nature par la seule et simple raison qu'il est à sa place.

Le véritable auteur dramatique ne doit point tenir compte dans sa fiction de la présence du public ; que pour l'entrepreneur de spectacles, qui ne table que sur les recettes, cela fasse une grosse question : celle des convenances communes et du souci de respecter les préjugés, il n'y a rien là que de fort légitime, quoique très discutable. Mais que dirait-on du peintre qui, dans la confection de son tableau, n'aurait en vue que la satisfaction d'un public de daltonien, alors que lui-même ne serait pas daltonien? (Et, entre nous, ce peintre-là existe, au moral, bien entendu ; je le connais : il demeure... partout !... et s'appelle : Légion !!...)

Diderot, impatienté des confidences qu'a l'air de lui faire, à lui, public, un personnage de la comédie ou un acteur sans goût, n'avait-il pas le droit de lui crier, de sa place : « A qui en voulez-vous ? Je n'en suis pas. Est-ce que je me mêle de vos affaires ?... Restez chez vous ! »

*
* *

Ceci dit ; je vais indiquer dans quel esprit mon œuvre est conçue et surtout (c'est là le but de cette préface) quelle en est la poétique.

Ma pièce est moderne. Mes personnages sont des bourgeois. Le nombre de mon vers est l'alexandrin. Je dis le nombre et non le rythme. J'ai conservé et respecté le nombre duodécimal ; mais mon rythme affecte toutes les libertés du vers lyrique ; quand il ne chante pas à la rime et à l'hémistiche, mon vers chante quand même quelque part ; et j'ajoute : quand il doit chanter, seulement.

Voilà l'explication et la défense de l'emploi que j'ai fait de césures linéaires quelque peu analogues au vers libre et d'une coupe graphique qui n'a de règle que celle d'une diction raisonnée, indiquant à la façon des chiffres placés sur la portée musicale, le mouvement à donner à la phrase qui suit. D'ailleurs la coupe graphique n'est jamais que l'affaire du livre. Or, l'œuvre dramatique est une musique : elle est exclusivement destinée à l'oreille comme la peinture l'est aux yeux. C'est pour pallier à l'impossibilité de diffusion de l'œuvre originale, unique en son expression, que la partition d'un opéra est réduite pour le piano ; que la gravure reproduit la toile et le marbre ; que le livre transcrit la représentation théâtrale : autant de traductions nécessaires, utiles, mais, somme toute, traductions.

Mais si je déclare que j'ai adopté l'alexandrin, j'ajoute que c'est parce qu'il contient tous les rythmes et qu'il est comme la couronne fleurie et flamboyante de l'éloquence parlée ; de cette façon, je n'ai pas eu à sortir du moule uniquement adopté, pour rendre la phrase triviale ou familière, et pour faire chanter les plus fortes ou les plus douces émotions humaines.

Si encore j'ai continuellement observé le nombre alexandrin, les douze pieds, les douze sons de l'élocution, c'est afin de conserver une sorte d'homogénéité à l'œuvre, en gardant, pour ainsi dire, dans les parties les plus sourdes, une tonalité donnant constamment la sensation de la poétique particulière d'après laquelle l'œuvre a été conçue et exécutée. C'est aussi quelque peu, et quoi qu'on en puisse penser, pour rendre la composition d'œuvres analogues plus difficultueuses aux écrivassiers, aux poéticules, aux faiseurs de vers, à qui la lingotière classique tout uniforme, ou le moule agrémenté du romantisme, permettent, sans trop d'efforts, de couler, en simili-bronze, les jolis sujets de pendule qui font la joie des salons en général, et des Académies de province en particulier.

Pour moi, j'ai pris hardiment toutes les libertés que réprouvent les règles admises, quand ces règles ne sont pas fondées sur la logique observation de la nature ; mais je n'ai rien démoli sans savoir que mettre à la place ; je n'ai rien rejeté sans avoir tourné et retourné en tous sens l'objet de l'analyse.

Je ne crois pas devoir, ici, exposer ce travail de sélection : j'ai assez de confiance dans l'esprit de mes lecteurs pour leur laisser le soin d'en discerner les motifs par l'examen de l'acte lui-même. Il me suffira de déclarer que toutes mes infrac-

tions sont voulues, justifiées et sanctionnées par cette formule que je me suis imposée en principe absolu :

PLUS LA PENSÉE EST VÉHÉMENTE, PASSIONNÉE OU TYPIQUE ; PLUS LE VERS SERA COMPLET ET RYTHMÉ ; PLUS LA RIME S'ÉLANCERA RICHE, SONORE, INATTENDUE, COLORÉE.

PLUS LA PENSÉE EST ORDINAIRE, VULGAIRE OU FAMILIÈRE ; PLUS LE VERS SERA TERNE, PROSAÏQUE ET FURTIF ; PLUS LA RIME SE CACHERA SOURDE, EFFACÉE ET COMME HONTEUSE.

Mais cette faiblesse, cet effacement, cette furtivité de la rime, du rythme, du vers, se trouveront surtout dans le dialogue, alors que la caractéristique de ce dialogue ne sera pas la passion. Je ne crois pas qu'il soit bon pour le goût et bien pour la raison que deux personnages ou davantage, ce qui augmente alors, d'autant, le ridicule du procédé, puissent s'interpeller, se répondre, converser enfin, en obéissant à un rythme sensible et en se jetant à la tête des rimes bien riches, bien pures, bien éclatantes, rappelant ainsi le jeu de société connu sous le nom de corbillon. Le théâtre est-il un salon de famille et doit-on y jouer au corbillon ? Donc, effacement du rythme, furtivité de la rime dans le dialogue principalement, et toutes les fois que la pensée ne pourra revendiquer par sa hardiesse, sa richesse, son ampleur, des droits à la noblesse, à la pureté, à la singularité de la forme.

Que l'on ne m'accuse donc point d'avoir inconsidérément mutilé l'alexandrin, méprisé l'hémistiche, profané le rythme et jonglé avec la rime. Je sais mon métier tout comme un autre, et ce qui le prouve bien, c'est que j'ai tenté d'en imaginer un plus parfait, ou, tout au moins, plus convenable ; un peu comme Stéphenson qui, connaissant bien les diligences, les a, pour cette raison, remplacées par les locomotives. Il y aurait ainsi plus de mauvaise foi que de puérilité à reprocher à l'auteur de Lastera *d'avoir fait de tels vers parce qu'il n'en sait pas faire d'autres. Et que l'on se garde bien de croire à la facilité de confection de ce genre ? Que les curieux essayent et qu'ils soient sincères dans leur confession.*

D'ailleurs je mets ici au grand jour ma conduite littéraire et la commente autant pour ma satisfaction personnelle que pour l'édification de mes lecteurs.

**
* **

Oui, sans doute, le vers a son chant, et doit pouvoir se passer de la musique, être mélodique sans elle. Mais, entendons-nous bien : nous disons le vers, c'est

à dire l'image, la pensée spirituelle, gracieuse ou terrible, mais toujours pas-
sionnelle ; alors que les éléments matériels de cette pensée, les mots, ont une
valeur musicale par eux-mêmes, ou par leur association et surtout par ces deux
qualités réunies ; lorsque les molécules de ce corps se peuvent grouper symétri-
quement, former un tout régulier et faire du vers comme la brillante cristallisa-
tion de la pensée. Mais, vraiment, quel cristal voulez-vous que donne cette
pensée :

..... Oui ; je viendrai demain dans la journée...

Non, ce serait un crime de lèse-bon goût et le Margaritas ante porcos y serait
d'une application de plus.

C'est donc seulement toutes les fois que l'auteur dramatique possèdera une
pensée qu'il voudra rendre concrète, typique, facilement absorbable, il lui donnera
la forme du vers, le rythme consacré ; et dans les cas où cette pensée ne pourra
tenir dans les douze pieds d'un alexandrin, il lui attachera les deux ailes du
distique et les deux joyaux de la rime.

Il en sera ainsi pour tout vers isolé. Mais ce n'est pas en vers isolés et sen-
tencieux que l'on écrit une œuvre dramatique. Alors, nous aurons le couplet, le
morceau, le duo : passages musicaux, rythmiques, comme l'indiquent ces noms
spéciaux. Le poète poussera même, s'il le faut, jusqu'au chant complet de la
stance, jusqu'à l'allure enflammée de la strophe.

Dans le cours de son œuvre, certains passages exalteront l'esprit de l'auteur
dramatique par la chaleur de la passion et le souffle de l'enthousiasme ; la situation réclamera du lyrisme : telle scène d'amour, conçue d'une certaine façon,
serait incompatible avec le vers ; telle scène de discussion et de raisonnement
écrite en prose ferait reprocher à son auteur d'en avoir méconnu la nature élevée.
Nous pourrions en citer mille exemples ; et les poètes, habiles à manier la vile
prose et le langage des dieux, vous diront combien, parfois, il faut peu de chose
pour opérer cette transmutation.

Mais, de même que certaine prose rongera son frein et hennira d'indigna-
tion ; telle forme prosodique broute et rampe naturellement : ses instincts sont
bas ou humbles, et l'affubler ostensiblement de la rime, la déguiser en chose
cadencée, est une pure bouffonnerie et une mauvaise action.

Bref, je déclare que je crois illogique et sans valeur, la composition d'une
tragédie domestique écrite entièrement en vers ; où, toujours le rythme se ferait
sentir ; où, constamment, la rime frapperait l'oreille.

Les œuvres fantaisistes ou de convention, seules, peuvent avoir tant de tolé-
rance, car il est de l'essence même de ces œuvres de ne rien contenir d'ordinaire
ou de trop familier.

Le vers libre, *dans la confection de la* Tragédie domestique, *serait loin de*
répondre aux conditions que remplit l'alliance de la prose et de l'alexandrin et
cela par la fréquence des mêmes assonances; fréquence qui constitue, à mon
avis, le seul charme du vers libre, et qui, dans ce cas, ne serait qu'une gro-
tesque et contre-naturelle recherche, pire que les distiques accouplés de la tra-
gédie classique. Dans les pièces composées en vers libres (en dehors de cette
recherche, en ce cas justifiée), les mètres employés sont si nombreux et si divers,
que, sans les rimes de rappel, l'œuvre la plus délicate, la fable de La Fontaine
la plus ciselée, la plus chantante aurait tout l'air d'une prose courte, hachée,
essoufflée, et qui, malgré la richesse des images ou le coloris du style, paraîtrait
pauvre et maladive.

A son tour, la prose seule est insuffisante. Elle est absolument dépourvue de
rythme; la rime n'y figure que dans les paronymes et les jeux de mots; les
périodes y sont indéterminées; les phrases n'ont de mesure que par le style per-
sonnel de l'auteur; les incidentes s'y multiplient pour éclairer ou modifier la
proposition principale.

Dans l'éloquence rhétorique, qui est la fleur de la prose, la hauteur et la vigueur
des pensées sont servies, non par un rythme, mais par une sorte de mélopée, de
couleur générale, sans limite, et les périodes n'ont, entre elles, de rapport mélo-
dique autre que l'élévation ou l'abaissement du timbre de la voix. C'est sans doute
là un acheminement vers la prosodie, mais c'est encore bien loin d'être le vers;
et ne serait-ce pas ici, à vrai dire, l'exemple le plus complet de ce que l'école
musicale des wagnériens entend par la mélodie continue, *sans moule préconçu,*
sans réponses et sans correspondances? La mélodie continue *ne serait-elle pas la*
prose, *et la* mélodie cadencée *ne serait-elle pas le* vers *dans le langage musical?*
Cela me paraîtrait alors essentiellement fondé sur l'observation et profondément
logique; s'il en est ainsi, si j'ai bien compris, Wagner a bien mérité du bon sens
artistique et ce n'est pas mince chose que le bon sens artistique!

Quoi qu'il en soit, la tragédie domestique *doit procurer à l'oreille du specta-*
teur le même charme que si elle était entièrement écrite en vers; c'est à dire,
en un langage flatteur d'où toute rudesse, toute lourdeur, toute élocution embar-
rassée soient soigneusement écartées. Il faut que les parties « prose » aient la
sobriété et la limpidité des bons vers, et que « les vers » y gardent, à leur tour,

l'aisance et l'allure vraie de la bonne prose, avec cette flamme particulière qui les caractérise.

Ce qui fera le bon écrivain sera justement le bonheur dans le choix de l'expression, la sûreté de goût et surtout l'entente de l'unité de l'œuvre. C'est par gradations et décroissances habiles que l'on procédera. Nulle secousse, nul contraste brusque de forme ne s'y doit remarquer ; une seule règle de convenance indiquera le passage toujours préparé, toujours adouci, de la prose au vers, des vers à la prose ; et l'agitation de l'âme, la pétulance de l'esprit ou l'exaltation des sens fourniront, seules, motif à un langage plus chaud, plus concis, et revêtiront la forme du vers.

En somme, toute la difficulté de ce genre, la seule, dirai-je, est dans l'obligation de faire concorder constamment le caractère des détails avec la forme convenable : Tout est *l'appropriation rationnelle du style aux sentiments à exprimer.*

Mais ce style ne doit être que strictement et de la façon la plus exclusive l'affaire de l'auteur ; il n'a rien à démêler avec ses héros. Quand le personnage parle, il le fait, lui, sans aucun souci des règles de la prosodie et des catégories de style qui ont fait la grande et très naturelle préoccupation de l'auteur pendant l'élaboration de son œuvre ; et cet être, une fois créé, une fois jeté et campé sur la scène, vit d'une vie absolument personnelle : il a son identité, son individualité à laquelle personne au monde ne peut plus toucher sous peine de commettre un attentat moral analogue à ceux que punissent nos codes.

Le Cid, Hamlet, aussi bien que Hernani, une fois créés et mis au monde, ne relèvent que de leur propre autorité ; ils sont majeurs, et ils ont moins de liens de parenté et d'affinité intellectuelle avec le poète, leur créateur, que le portrait de l'homme à l'aigrette *par Rambrandt n'en a avec Rembrandt lui-même. Ces conceptions de l'esprit devenus, en une seconde, des êtres, quoique entitétiques ; des hommes, quoique symboliques, parlent et agissent sur la scène, dans le monde de la fiction, comme les êtres spéciaux et vivants, dont ils sont la synthèse, parlent et agissent dans le monde réel.*

Quel rapport peut-il y avoir entre l'être fictif *mais* humanifié *par le génie d'un auteur et les matériaux, les éléments techniques employés pour le construire ? Le sculpteur est-il jamais guidé dans le choix qu'il fait du bois, du marbre ou du bronze par les quartiers de noblesse ou les mois de prison de son sujet ? Et ne dit-il pas du même bloc : « Sera-t-il Dieu, table ou cuvette ? »... Murillo employa-t-il des couleurs plus chères, plus fines, plus rares dans sa* Conception

III

que dans son Jeune mendiant cherchant ses poux *? Il en doit être de même pour
la forme littéraire à employer.*

*Si l'œuvre est écrite en vers, cela ne regarde que les gens du métier qui ont,
alors, le devoir de faire comme les peintres copistes analysant le mélange des
couleurs et les procédés de facture employés par le maître. Mais le public, mais
le spectateur, mais l'amateur et l'artiste même, ne doivent pas de prime-abord
découvrir ce travail de dessous, cette préparation. Le sujet, la composition, la
vérité du langage, le naturel des situations, seuls, doivent intéresser l'auditeur ;
et le souci que prend l'artiste chargé d'interpréter notre personnage, de déguiser
le repos des hémistiches et d'escamoter le son des rimes, ne nous engage-t-il pas
un peu à ne point nous assujettir à l'observation ostensible de ces deux conditions, l'hémistiche et la rime, qui, dans la pratique, seront effacées avec tant de
soin ?*

*Et la lecture ? m'objectera-t-on. Je renverrai alors mon interlocuteur au pas-
sage de cette préface où il est dit que l'œuvre dramatique est essentiellement faite
pour le théâtre, c'est à dire pour l'audition et non pour la lecture ; et j'enga-
gerai, une fois pour toutes, les curieux de* Lastera *à s'en faire lire la traduction
livresque et non à la lire eux-mêmes. Puis, qu'importe, en définitive, pour le
résultat, qui est l'émotion du spectateur, que dans mes veilles littéraires j'aie,
moi, l'auteur, oublié et relégué à l'arrière-plan, à l'heure où se joue mon drame,
le souci de l'hémistiche, de l'inversion, de l'hypotypose et de la prétérition : Cou-
lerait-il une larme de plus, quand on constaterait au passage que mes rimes sont
riches ? Jetterais-je plus de terreur dans les âmes par l'étalage des procédés de
facture ? Qui se lèverait pour répondre : oui !*

*Mes formules de laboratoire ne doivent intéresser que les chimistes, mes
confrères. La coquette qui se pare d'étoffes aux couleurs chatoyantes, aux merveilleux tons dichroïques, n'a pas à savoir que ces nuances si délicates et si
tendres sont tirées de la houille ; elle n'a surtout pas (si la chose pouvait l'être)
à s'en apercevoir. Aussi, je trouve puérile autant qu'indiscrète, la mention de
« en vers » que l'on accole au sous-titre des pièces qui ne sont pas en prose. Il
n'y a guère que les poètes d'aussi fats, car je ne sache pas que jamais un peintre
ait fait suivre son* fecit *ou son* pinxit *d'un « à l'huile et au siccatif ». Il faut
laisser cet épluchement de l'œuvre aux experts de l'Hôtel des Ventes ou adopter
carrément les formules du grotesque Decazeaux des Granges. Ce Decazeaux inti-
tulait l'une de ses élucubrations :* Impromptu fait à loisir, pour le triomphe des
muses, candides, quoique non trop simples, sous l'étendard irréprochable de

grâces très amicalement conjugales... *Puis :* Finis coronat opus. Fait à Londres, dans ma tête (et non hors de mon cœur), au Parc-Royal de Saint-James, dimanche au soir le 26, et perfectionné dans ma chambre, le 28 août 1764; toujours avec l'optimisme candeur innocente et non dupe. *Et ce titre n'est rien!* c'est l'Impromptu fait à loisir *qu'il faut lire!!!*

Tout cela, au fond, n'est, je le répète, que de la fatuité, que la recherche d'une gloriole mesquine et misérable. Dire que son œuvre est en vers! N'est-ce pas le sonnet?... c'est un sonnet!... d'Oronte? N'est-ce pas crier, en parade : « Ce que vous allez voir ici, mesdames et messieurs, n'est nullement comparable à tout ce que l'on a pu vous montrer jusqu'à présent dans les baraques du voisinage. Notre pièce n'est pas, comme celles de nos confrères, une pièce traitée cavalière- ment, composée par dessous jambe, écrite comme je te pousse; elle est, mesdames et messieurs, bien moins encore en vil et vulgaire langage, comme tout le monde pourrait le faire. Elle n'est pas en prose, fi donc! Notre pièce, notre œuvre est en beau, noble et précieux parler : elle n'est pas en chinois, pas en turc, pas en anglais, pas en français. En vers! elle est en vers! Ebaubissez-vous, mesdames; applaudissez, messieurs!!! »

Eh! si la pièce est en vers, monsieur du poète, c'est que vous l'avez bien voulu! C'est que vous avez pu l'écrire, suivant les lois d'une poétique généralement con- sentie ou qui vous est particulière. Cela ne me paraît pas devoir augmenter votre mérite d'auteur dramatique, la difficulté à vaincre, pas plus que le temps, ne faisant rien à l'affaire. Cela ne fait que vous donner un rang particulier dans l'échelle des littérateurs, parce que, à ce point de vue étroit de classifica- tion artistique ou technique, l'astronome est au-dessus de l'entomologiste, et qu'il y a assurément plus de mérite ouvrier à obtenir un résultat en suivant un programme difficultueux que l'on s'est tracé qu'à le faire en zigzaguant à l'aventure.

Mais il ne faut rendre ni complices, ni comparses de cette gymnastique prosodique, vos personnages qui, eux, sont des rois, des nobles, des soldats, des industriels, des rentiers ou des marchands, enfin qui sont tout..... excepté des versificateurs.

*
* *

Vers et prose! *Faut-il en revenir tout bonnement à Shakespeare? A Shakes- peare?... Oui et non. Non, car la distribution que fait le grand et immortel dra- maturge de ces deux formes du langage, la prose et le vers, ne me paraît pas*

toujours justifiée par des considérations d'esthétique assez respectables et assez for-
melles, et c'est un peu à la légère, je crois, qu'elle est faite. Ceci est bien loin d'être
une chicane, c'est une simple constatation. Il m'a paru que c'est généralement à la
condition purement sociale de ses personnages que le poète anglais sacrifie dans ses
œuvres : le roi y parle, en vers, *parce qu'il est au* sommet; *le* matelot *ne parle en*
prose que parce qu'il est à la base. *Cette poétique est assurément inspirée de l'An-*
tique et remplace le cothurne que d'ailleurs ici le roi quitte pour parler à des infé-
rieurs. Mais il n'y a, en tout cela, aucune règle établie, et la fantaisie est bien
souvent la seule explication de l'emploi de tous ces modes : le même personnage
passant, sans cause déterminante, de la prose au vers blanc, du vers blanc au
vers rimé. Je n'ai pas ici à faire remarquer plus que de mesure que le vers blanc
forme la majeure partie du discours des personnages socialement privilégiés, et
que le vers rimé est l'apanage des êtres supérieurs et extra-humains tels que les
déesses et les génies. Le vers rimé est souvent comme une sorte de trait, et par-
fois même la nature seule d'une assonance finale a sollicité le caprice de l'écri-
vain de lui donner un écho. D'ailleurs, la tradition des œuvres de Shakespeare
qui nous sont parvenues est tellement obscure et l'intégrité des textes est si sus-
pecte, qu'il serait oiseux d'en faire une critique approfondie et de prendre à
partie une prosodie probablement très altérée. Il y a cependant une certaine
logique dans la répartition shakespearienne des modes du langage ; mais quand
on aura établi que le vers, blanc ou rimé, étant plus choisi, plus affiné, plus
savant que la prose, même la plus épurée, il est juste d'en faire le langage du
roi ; quand on ajoutera que cette même façon de parler serait absurde et à contre-
sens dans la bouche d'un homme qui ne sait ni lire ni écrire, on aura plaidé à
fond cette cause purement littéraire.

Aussi, cette distinction, faite à ce point de vue, me paraît restreinte et très
superficielle. Que le roi tienne un langage élevé, noble, savant de construction et
artistique de forme quand il parle en roi, à ses sujets, je l'accorde ; ce n'est que
bien. Mais qu'il continue à parler pompeusement, avec emphase (ce qui n'implique
pas nécessairement la forme du vers) quand il n'est plus qu'un homme, qu'il
redevient l'être commun, c'est ce que je ne puis admettre ; car je crois que la
colique tord tous les intestins de la même façon et que lorsque les mêmes nécessités
fouaillent le roi et le manant, ce n'est pas l'heure du ressouvenir des fortes
études, et qu'alors, ainsi que le dit Lafleur à son maître : « *Que cela rime ou ne*
rime pas, ça y est tout de même! »

Ce n'est donc pas au rôle social qu'il convient de s'attacher ; car le rustre pourrait bien être un vrai poète ; et, plus certainement encore, la passion (je dis une passion quelconque) lui donnera à quelque instant de sa vie des accents poétiques ne devant rien à la scolastique et que ne saurait suggérer la possession de nombreux sujets et de vastes provinces.

C'est dans l'état momentané de l'âme que doit être le critère de cette distribution de formes littéraires, en respectant toutefois l'unité de caractère du personnage. L'on trouve, eu égard aux rangs d'instruction et d'éducation sociales, toutes les ressources possibles et désirables dans la prose elle-même, plastique, souple et modifiable à l'infini, ce qui, bien contrairement, n'est pas le cas de la versification, même la plus indépendante d'allures.

C'est par un artifice artistique purement conventionnel que, par moments, vous prêterez à ces êtres, dont la condition sociale est absolument démarquée, l'admirable instrument que vous, artisan de lettres, devez posséder à la perfection : le vers ! au service de ces âmes, miroirs de l'humanité, impuissantes à traduire dans leur langue quotidienne leur exaltation ou leur attendrissement, vous mettrez les merveilleuses ressources de dessin, de couleur et de sonorité d'une langue spéciale : le vers ! à ces moments, vous suppléerez par l'art aux pauvretés de la nature ; car privé de ce secours, il vous faudrait, devant l'intensité sentimentale à exprimer (ce que vous ne sauriez faire à l'aide du seul moyen de la prose), imiter Parrhasius et jeter un voile sur votre héros.

Mais la littérature triomphe ici ; et, quand la mimique la plus savante restera en arrière, effrayée par la hauteur ou la profondeur des envolements psychologiques, le vers, chantant, multicolore et radieux ; le vers qui a toutes les forces et toutes les grâces ; qui gronde ou gazouille au fond de toute conscience humaine, éclatera dans l'homme le plus vulgaire et mettra à nu, pour la durée de l'accès, la poitrine où bat le cœur, le cerveau où palpite la pensée : puis, l'accès terminé, le thorax se refermera, le crâne retombera, et l'homme, redevenu Pierre ou Paul, pensera et parlera comme vous et moi.

Ne viens-je pas de dénoncer, à l'instant, la situation tout indiquée où le vers *sera presque de rigueur ? N'ai-je pas nommé la minute solennelle et sacrée où la* lèvre, non pas muette, mais comme anesthésiée par la violence du sentiment, *s'entr'ouvre, reste béante et laisse parler le dieu intérieur ? N'ai-je pas désigné* le monologue ? Et n'est-il pas comme un monologue aussi, le duo d'amour ? Et *l'apostrophe, la tirade indignée ou véhémente où la passion déborde ? et le rai-*
sonnement que l'on expose, que l'on démontre plus à soi, encore, qu'à son inter-

locuteur ne sont-ils pas comme autant de monologues? Comme autant de verbes que le vers seul peut traduire?

*
* *

J'ai peut-être, un peu longuement, en cette préface, présenté mes idées sur la poétique générale des œuvres dramatiques et sur la prosodie spéciale que ce genre me semble exiger. Je ne sais l'accueil qui sera fait à cette étude sincère et voulue que je présente, non au grand public, mais à quelques lecteurs choisis, gens du métier, le plus possible; mais si quelqu'un juge bon de me suivre, je le remercie, au nom seul de la vérité artistique, que j'ai pensé servir en écrivant ces deux choses : une préface et une œuvre selon cette préface.

Cette œuvre, dont je n'ai, à dessein, pas voulu dire un mot (estimant qu'une composition dramatique s'explique et se défend d'elle-même), a failli être représentée à l'Odéon, il y a quelques années...? sous le titre de Voleur !... *Certaines difficultés toutes matérielles me forcèrent à retirer la pièce, déjà distribuée aux artistes, et qui était alors en trois actes seulement (les trois actes actuels).*

J'en exprimai dans une lettre rendue publique par la Justice, *mes regrets à M. Duquesnel qu'un décret sous-secrétariel dépossédait brusquement de la direction de l'Odéon.*

Donc, quant au sort que Voleur ! *pourrait avoir à la scène, je l'ignore, autant que l'accueil réservé à la traduction livresque de* Lastera. *Ce Lastera d'ailleurs n'a, depuis, frappé à aucune autre porte; pensant qu'actuellement il est, non pas* irreprésentable, *mais simplement, pour l'heure et pour des raisons d'éducation du public,* imprésentable autrement qu'en livre.

Cependant, quand j'ai eu terminé cette préface, et que je l'ai relue, vingt fois, en route, quand je parlais surtout des convenances de conditions et de langage, je me suis dit : N'es-tu pas, ici, parti en guerre contre le passé? N'est-ce pas à Shakespeare, et surtout à tout le lot tragédique des XVIIe, XVIIIe et XIXe siècles que tu t'en prends? Et alors, à quoi bon? Ce que tu reproches, ce que tu incrimines n'existe plus. On est naturel aujourd'hui; et les auteurs, les contemporains, forts de l'expérience, forts des préceptes de Diderot, mort il y a cent quatre ans, font parler et agir leurs personnages comme cela se doit. Ils savent bien que les spectateurs ne sont que les témoins ignorés de la chose. Ils le savent, le mettent journellement en pratique et les acteurs les secondent à merveille.

— *Alors, j'ai suspendu ma lecture ; et, pour éclairer mon jugement, pour calmer mon inquiétude et dissiper mon doute, j'ai relu tout le théâtre contemporain ; je suis allé de la Comédie-Française aux Bouffes-du-Nord, en passant par toutes les scènes... Moralité : j'ai laissé intacte ma préface, me disant que ce n'était pas contre Shakespeare, Corneille, Racine, Voltaire, Crébillon, Ducis, Ponsard et Hugo que j'avais crié, mais bien contre mes aînés, mes jumeaux et mes cadets, les auteurs poètes dramatiques modernes, et que j'avais eu quelque opportunité de le faire.*

Juin 1888.

LASTERA

OU

L'HÉRITIER

TRAGÉDIE DOMESTIQUE

EN TROIS ACTES

ET UN ÉPILOGUE

IV

PERSONNAGES

AUBERT, 47 ans. . . . . *Architecte, présentement minotier.*

LASTERA, 53 ans . . . . *Caissier.*

GEORGES, 22 ans . . . . *Intéressé.*

GONTARD, 55 ans . . . . . . *Médecin.*

LAURENCE, 30 ans. . . . . . *2ᵉ femme d'Aubert.*

MARTHE, 16 ans . . . . *Fille d'Aubert d'un premier lit.*

COLAS.

LE GARDIEN.

UNE SERVANTE.

L'action se passe de nos jours, dans la minoterie Aubert, établie au Pontet, département de Vaucluse. Elle a lieu, pour les trois actes, le 3 septembre, entre cinq heures de l'après-midi et onze du soir. Pour l'épilogue, le 20 janvier de l'année suivante, entre quatre et cinq heures de l'après-midi.

DÉCOR UNIQUE

DES TROIS ACTES ET DE L'ÉPILOGUE

———————

La scène représente le bureau de la minoterie Aubert; cette pièce est située à un premier étage. Au fond, une grande porte vitrée donnant sur un balcon-galerie qui communique avec toutes les parties de l'usine. Cette porte est garnie de rideaux à tirettes. A droite, deux portes, dont la première à l'avant-scène est à panneaux vitrés; l'autre, près du fond, est à deux battants et conduit dans les appartements privés. Entre ces deux portes, un bureau-pupitre de comptable avec ses accessoires, presse à copier, panier, casiers à livres, etc.; au-dessous, contre la muraille, une panoplie. A gauche, vers le fond, une fenêtre à deux battants, donnant de plein-pied sur la scène et étant censée avoir un petit balcon, contre lequel cesse la galerie que l'on voit par la porte du fond. En face du bureau-pupitre, à gauche toujours, un bureau-ministre, au-dessus duquel un portrait de jeune fille, celui de Marthe. A l'avant-scène de droite, un coffre-fort; à celle de gauche, une horloge; entre cette horloge et le bureau-ministre, une porte, celle d'une pièce indépendante, à laquelle un escalier spécial conduit.

A travers la baie du fond on voit les bâtiments et les cheminées de l'usine. Chaises, fauteuils, décoration de bon goût, mais un peu usinière et provinciale. Becs de gaz à droite. Une lampe-carcel sur le bureau-ministre. Suspension au milieu du plafond.

———————

NOTES DE L'AUTEUR

———

Les caractères typographiques, dans cette pièce, sont ceux de la présente note, pour marquer la prose, à la représentation ; si représentation il y a... dans un temps indéterminé !

———

Les caractères typographiques, dans cette pièce, sont ceux de la présente note, pour marquer les vers, à la représentation ; si représentation, etc., etc.

———

Les caractères typographiques, dans cette pièce, sont ceux de la présente note, pour marquer les passages qui ne doivent pas être dits sur la scène.

———

ACTE PREMIER

ACTE PREMIER

SCÈNE PREMIÈRE

AUBERT (Seul, assis à son bureau, écrit. Les accords d'un piano
attirent son attention ; il s'arrête et écoute.)

LA VOIX DE MARTHE

La Jeanne au bras du bien-aimé,
s'en fut au bois au mois de Mai ;
et, pour en garder comme un gage,
de la fleur du muguet
mit l'enivrant bouquet
à son aubal corsage.

AUBERT (A lui-même.)

Encore !... Chante encore !...
Une douce magie, à ce chant,
fait surgir une auguste effigie à mes yeux.
C'est ta mère évoquée à ta voix.
Elle chantait cela : chante ;
Je la revois.
Du passé,
gouffre avide où tout sombre et s'efface,
son image revient
et monte à la surface avec ce souvenir.
Oh ! chante !...

LA VOIX DE MARTHE

Mais quand revint le mois de Mai,
point ne revint le bien-aimé :
les fleurs étaient toutes fanées
et Jeanne en son cercueil,
portait le sombre deuil,
las ! des abandonnées.

AUBERT (Poursuivant sa rêverie.)

O vision !... Mirage du bonheur !
L'étrange illusion que me cause ce chant
est si vive, si grande,
que malgré ma raison,
parfois, je me demande s'il n'est pas en cela quelque divin secret.
De sa mère,
ma Marthe, est le vivant portrait :
comme l'œuvre étonnant de quelque eau de Jouvence
elle, en est la magique et douce revivance ;
car,
de la mère morte,
en ma triste maison,
l'enfant sortit
vivace et fière floraison.
Même son de la voix ; même grâce des gestes ;
et, j'ai toujours pensé
que ces enfants funestes,
êtres cruels et doux à la fois,
qui, pareils
aux astres nébuleux qui seront des soleils,
surgissent de la mort, comme eux sortent de l'ombre,
en langes radieux changeaient le crêpe sombre.
Oui ;
sachant tout l'amour que l'époux garde au cœur,
craignant de n'en pouvoir, un jour, être vainqueur,
le nouveau-né ravit le charme qu'il jalouse
et dans son frêle corps met l'âme de l'épouse. (Il reste pensif.)

SCÈNE II

AUBERT et MARTHE

MARTHE

Bonjour, père.

AUBERT

Ah ! c'est toi, ma chère Marthe !... Tiens, pour te remercier d'être là (il l'embrasse), car tu viens comme je t'évoquais.

MARTHE

Cher père !... Ainsi, tu causes... avec toi-même.

AUBERT

Oui, Marthe.

MARTHE

Et tu disais ?...

AUBERT

Des choses bien douces. Je disais qu'entre Laurence et toi, ma fille, est renfermé mon paradis. Pourquoi venais-tu ?

MARTHE

Je venais t'apporter cette carte et ces lettres.

AUBERT

Merci.

MARTHE (A part.)

J'avais cru le voir.

AUBERT

Marthe !...

MARTHE

Père !

AUBERT

Ma chère enfant, je viens d'apprendre là, la meilleure nouvelle.

MARTHE

Ah ! tant mieux.

AUBERT

Elle va causer quelque surprise à George.

MARTHE

Ah !

AUBERT

Voici : Comme j'ai placé pour sa part, à son insu, la somme de cent vingt mille francs dans l'affaire, pour lui, c'est la fortune ; car à partir d'aujourd'hui, s'il le veut bien, il est mon associé.

MARTHE

Père, sais-tu que c'est très beau ce que tu viens de faire là.

AUBERT

Non, Marthe; ce n'est que mon simple devoir. C'est un compte entre nous. Je ne crois pas avoir grand mérite à cela. Ma dette contractée envers son père est loin, crois-le, d'être acquittée; il est au-dessus de ma dette d'argent la dette de mon cœur; et sache-le, celle-là, Marthe, ne se pourrait éteindre.

MARTHE

Une prière, alors ? une faveur ?

AUBERT

Laquelle ?

MARTHE

La première, je voudrais annoncer à Georges son bonheur; veux-tu, dis ?

AUBERT

Chère enfant; j'y consens de grand cœur; d'autant mieux que, par toi, la nouvelle, je pense, sera plus douce encore. Il va venir. (Il va au fond, sur le balcon.)

MARTHE (A part.)

D'avance, je savais que cela serait un jour.

AUBERT (Appelant au dehors.)

Mathieu !

MARTHE (A part.)

J'ai tant prié, mais tant prié, que le bon Dieu ne pouvait refuser.

AUBERT (Parlant au dehors.)

Va; c'est moi qui t'envoie.

UNE VOIX D'ENFANT

J'y vais, Monsieur.

AUBERT (Revenant, à Marthe qui songe.)

Marthe !

MARTHE (Surprise.)

Ah !

AUBERT

Tu pleures !

MARTHE

Oui !... de joie.

AUBERT

Tu parlais seule aussi, tantôt, il m'a semblé. Puis-je, à mon tour, savoir quel penser a troublé ton pauvre petit cœur ? Tu te tais ?... Du mystère ?... Tu rougis !... C'est donc mal ce que tu veux me taire... ce que tu penses !...

MARTHE

Non.

AUBERT

Oui, c'est mal, et je vois que tu ne m'aimes pas.

MARTHE

Cher père !... une autre fois... je te le dirai...

AUBERT

Non, c'est mal, te dis-je ; un père doit tout savoir ; surtout quand il s'agit, ma chère Marthe, de... George.

MARTHE

Ah !

AUBERT

Tu vois bien.

MARTHE

Mais qui t'a dit...

AUBERT

Enfant !
ce sont tes pleurs ;
c'est ton cœur qui bondit ;
c'est ton front rougissant
et c'est l'impatience de ces chers petits doigts
qui me font ma science.

MARTHE

Eh bien, oui ; je pensais à Georges, c'est vrai. Mais ne m'en veuille pas trop, petit père, et je vais tout te raconter.

AUBERT

Tout ! Oh ! oh ! va, je t'écoute.

MARTHE

Tu veux la vérité, je te la dirai toute :

Un soir de l'an dernier,
tous deux,
Laurence et toi,
vous vous promeniez dans le jardin ;
près de moi vous vîntes à passer,
l'épaisseur du feuillage me cachait à vos yeux.
Moi,
par enfantillage
je me tus ;
vous parliez de Georges :
j'écoutai.

AUBERT

Marthe !

MARTHE

Oui, père ; j'eus grand tort.

AUBERT

Après.

MARTHE

Je restais blottie
et j'entendis Laurence, alors,
te dire :
Mais ne pensez-vous pas,
qu'un jour,
Georges n'aspire à la main de Marthe ?

Oh ! non, non, répondis-tu,
George a dans l'âme
autant d'orgueil que de vertu.
George est pauvre ;
il sait bien que c'est moi qui l'oblige aujourd'hui.
S'il l'aimait,
je suis certain, vous dis-je,
que craignant les soupçons de quelque bas calcul
il chasserait bien loin ce beau rêve.
Donc,
nul projet à redouter ;
et... c'est un honnête homme,
ajoutas-tu.
Puis, tu repris ton pas ;
et comme vous étiez loin de moi
je n'entendis plus rien ;
et, depuis cet instant,
un magique lien
m'attacha tendrement à son sort.
Comme un frère
je me pris à l'aimer,
croyant comme toi, père,
qu'il ne serait jamais rien qu'un frère pour moi.

Mais à présent...

AUBERT

Comment ?... que veut dire ?...

MARTHE

C'est toi qui viens d'autoriser, cher père, ce langage nouveau. C'est, dis-tu, ton associé ?... je gage que ton cœur lui décerne, en me disant cela, quelque titre plus doux...

AUBERT

Plus doux !... Ah ! ah ! ah ! ah !... oui, oui ; voilà ; c'est dit, c'est parfait, ma parole d'honneur ! Donc, à quand le contrat, ô tête folle ?... O tête de seize ans !...

VI

MARTHE

Dix-sept.

AUBERT

Comment ?

MARTHE

Depuis hier je n'ai plus seize ans.

AUBERT

C'est juste !

MARTHE

Donc je peux dire dix-sept pour compter rond.

AUBERT

Oh ! la femme capable que c'est là !... Seize ans passés !... Madame...
il n'est que temps !...

MARTHE

Sans doute !

AUBERT

Eh bien, voyons, pourtant. Tu l'aimes donc ?

MARTHE

Oui.

AUBERT

Bien. Je veux pour un instant, admettre avec toi, qu'il me convient
comme gendre. Mais, lui, t'aime-t-il, Marthe ?... et te fit-il comprendre,
parfois, par un mot, par un regard...

MARTHE

Non ; jamais.

AUBERT

Eh bien ! qui dit alors qu'il voudra de toi ?

MARTHE

Mais...
je saurai tant l'aimer qu'il faudra bien qu'il m'aime !

AUBERT

Enfant !
qui veux juger autrui d'après toi-même ;
et qui crois
qu'il suffit d'aimer pour être aimé.
Mais ne pleure pas, Marthe ;
à ton cœur alarmé je veux rendre l'espoir.
Georges t'aimera.
Garde ton doux sourire,
va ;
ton bonheur me regarde.

MARTHE

Quel bon père tu fais !...

Le voici.

SCÈNE III

AUBERT, MARTHE, GEORGES

GEORGES

Me voici, Monsieur Aubert.

AUBERT

Viens, George ; écoute bien ceci... Et toi, Marthe, dis-lui...

MARTHE

Monsieur Georges, mon père me charge de vous dire...

AUBERT

Eh ! bien, va.

MARTHE

... Qu'il espère vous voir accepter cette association...

GEORGES

Mais... vraiment... je ne sais...

AUBERT

A son émotion, Georges, tu dois bien voir que la chose est réelle. Oui, tiens, lis ; à l'instant, j'en reçois la nouvelle par télégramme ; nous avons sur le marché quinze pour cent de hausse. Or, je t'avais caché, soit pour te ménager une douce surprise, soit pour d'autres motifs, cette affaire entreprise en septembre dernier, dans laquelle, au départ des navires, pour toi, je fournis une part de cent vingt mille francs, aujourd'hui bien grossie. A ma fortune enfin, Georges, je t'associe en souvenir des jours d'autrefois. Tu sais bien pourquoi, n'est-ce pas ? Donc, accepte et ne dis rien.

GEORGES

Mais...

MARTHE

Acceptez, Monsieur Georges.

GEORGES

Mademoiselle...

AUBERT

Allons, embrasse-la ; récompense son zèle à vouloir avant tous t'annoncer ton bonheur. (Georges baise très froidement la main de Marthe.) Parfait.

MARTHE

Bonsoir, Monsieur Georges.

GEORGES

J'ai bien l'honneur, Mademoiselle...

AUBERT

Allons, je reviens ; Monsieur Georges, de la maison Aubert et Girard.

(Aubert et Marthe sortent.)

SCÈNE IV

GEORGES (Seul. Il suit des yeux Aubert et Marthe ; puis, comme accablé sous le poids de ses pensées, il s'assied, et le front dans les mains, les coudes sur les genoux, il reste abimé dans un cahos de réflexions et de sentiments.)

SCÈNE V

GEORGES, LASTERA

LASTERA (A lui-même.)

Fais tes orges dans mon champ, mon ami ; ta moisson n'en sera pas meilleure... hem !...

GEORGES (Sans le voir.)

Ah !

LASTERA

Hem !...

GEORGES

Ah ! c'est vous, Lastera ?

LASTERA

Oui, c'est moi, Monsieur George ; et je vous félicite de l'heureux résultat.

GEORGES

Quoi ! vous savez...

LASTERA

Je quitte Monsieur Aubert. Je sais la proposition qu'il vient de vous faire. Ah ! belle position !... Et pour vous la Fortune a fait tourner sa roue !... Vous avez dû, pourtant, être... surpris.

GEORGES

J'avoue aussi que, par instants, je crois bien que je dors et qu'un rêve doré me berce.

LASTERA

Alors ?...

GEORGES

Alors ?

LASTERA

Alors vous avez dit tout simplement : J'accepte ?

GEORGES

Sans doute.

LASTERA

Ah ! diavolo !...

GEORGES

Pourquoi donc ?

LASTERA

Un précepte dit de ne pas compter sans son hôte.

GEORGES

Et... quel est mon hôte, Lastera ?

LASTERA

Mais, c'est moi, s'il vous plaît...

GEORGES

Vous !

LASTERA

Moi. (Entendant revenir Aubert. Bas.) Plus tard !... silence !... (Haut.) Et je vous félicite de l'heureux résultat.

SCÈNE VI

Les Mêmes, AUBERT

AUBERT

La nouvelle n'excite partout, mes chers amis, que du contentement. (A Georges.) Mais tu n'as jamais vu, mon cher, étonnement pareil à celui de Laurence : sans rien dire, elle regardait Marthe et moi, cherchant à lire dans nos yeux ce que nous pensions ; puis, tout à coup, des larmes ont jailli. J'en ai connu beaucoup de gens nerveux comme elle : une nouvelle heureuse les faisait sangloter. Laurence est très nerveuse. Enfin, elle m'a dit : « Ami, c'est son passé que vous rendez à Georges ; et c'est bien. » J'ai laissé Marthe s'entretenir avec elle. Ah ! la bonne journée !... et dès demain matin, on nous griffonne un bon petit traité. Moi, je vais de ce pas prévenir Maître Arnaud. Ah ! va, tu ne sais pas combien je te chéris ! Je t'aime autant peut-être que si j'étais ton père !...

LASTERA (A part.)

Oh ! oh ! l'on voit paraître le bout de l'oreille.

AUBERT

Oui ; sais-tu pourquoi, fripon ?

GEORGES

Vous aimiez tant mon père et vous êtes si bon !

AUBERT

Mais non ; ce n'est pas tout. Si, comme mon fils même, je t'aime, Georges, c'est que, sache-le bien, j'aime au-dessus de tout, mon trésor béni, l'enfant de ma pauvre Germaine et son portrait vivant ; et qu'il faudra que j'aie en grande estime un homme pour lui dire : « Tenez, elle est à vous. »

LASTERA (A part.)

Oh ! comme c'est cela !

AUBERT

Comprends-tu ?

GEORGES

Monsieur Aubert...

AUBERT

C'est bien ; nous en recauserons. Je vais et je revien ; et le long du chemin, d'innocents rouges-gorges je ferai ma brochette. A tantôt, mon cher Georges. Voyez-vous, Lastera, je me sens un frisson de jeunesse aujourd'hui ; mais vous, ô vieux garçon, vous ne comprenez pas le bonheur d'être père !...

LASTERA

Ma foi, Monsieur, je puis l'être encor...

AUBERT

Je l'espère !... A tantôt. (Il sort.)

SCÈNE VII

GEORGES, LASTERA

LASTERA

Donc, à quand votre noce ?

GEORGES

Pourquoi cela ? Monsieur Aubert n'a pas parlé de moi.

LASTERA

C'est juste. Cependant, permettez-moi de croire qu'il s'agit de vous.

GEORGES

Soit. Mais, laissons cette histoire ; et revenons plutôt...

LASTERA

C'est fait : mieux que jamais nous y sommes.

GEORGES

Comment ?

LASTERA

Ce mariage.

GEORGES

Mais laissons...

LASTERA

Non. Je prendrai la liberté très grande de savoir votre avis, si, parfois, la demande du patron devenait plus formelle ?

GEORGES

Parbleu ! je répondrais : J'épouse.

LASTERA

Ah ! bah !

GEORGES

Ah ! ça, quel jeu me faites-vous jouer ?

LASTERA

Je veux dire et je pense qu'il est, à mon avis, certaine circonstance qui rend ce mariage impossible.

GEORGES

Le sens de la phrase m'échappe, et cependant j'y sens comme une lâcheté, comme une calomnie.

LASTERA

Oh ! Dieu ! le vilain mot !...

GEORGES

Ah ! Lastera, l'envie me prend...

LASTERA

De m'étrangler ?... Eh bien, contentons-nous ; mais ne crions pas tant : plus qu'à moi cela vous ferait du tort. Du calme ! Evitez un esclandre surtout.

GEORGES

Donc, selon vous, j'aurais tort de prétendre...

LASTERA

Oui, oui, j'ai dit cela, mais je n'ai pas dit pourquoi, Monsieur !

GEORGES

Cette raison je la devine, moi. Si, quand mon bienfaiteur me dit : Georges, recouvre tes biens perdus... je dois refuser ; quand il m'ouvre ses bras, si je dois fuir ;

> si l'honneur me défend d'accepter la fortune
> et d'épouser l'enfant ;
> si je n'ai pas le droit d'entrer dans sa famille ;
> si je suis un infâme en pensant à sa fille ;
> si pour tous les bonheurs je dois répondre : Non ;

C'est que, pour vous, je suis l'amant de...

VII

LASTERA

Pas de nom !... Jamais de nom ! Et vous avez compris la chose dans ce que j'ai dit ?...

GEORGES

Oui.

LASTERA

C'est donc, je le suppose, la pure vérité.

GEORGES

Malheureux !... dis un mot de plus et je te tue.

LASTERA

Ah ! lâchez-moi.

GEORGES

C'est trop d'audace.

LASTERA

Eh ! mais...

GEORGES (Le rejetant.)

Allez ! et gardez la mémoire de ceci.

LASTERA

Bien mieux que vous ne sauriez le croire, Monsieur Georges Girard.

GEORGES

Hein ! vous me menacez ?

LASTERA (Prenant un revolver à la panoplie.)

N'avancez pas, Monsieur, ou si vous avancez, je vous brûle à présent. Vous avez de la poigne, vous ; moi, je n'en ai plus ; aussi, je vous témoigne mon admiration en prenant du renfort !...

Vous allez voir comment on tombe un homme fort, comme on a dit à la foire. Attendez, je vous prie, un instant ; je voudrais vous parler, sans crîrie. Oh ! je serai bref, ne craignez rien. Vous savez que c'est trois mille francs net que vous me devez. Je ne réclame pas ; même je veux mieux faire si vous vous y prêtez... et venons à l'affaire qui nous touche tous deux

le plus en ce moment. Vous niez; mais je sais que vous êtes l'amant de...
vous savez bien qui. (Jamais je ne prononce de nom.) Certes, lui, n'est
pas un Monsieur Alphonse, il s'en faut!

> *Mais il est le mari !...*
> *Son devoir*
> *est de ne rien comprendre et de ne rien savoir.*
> *Comme tous,*
> *il sera le dernier*
> *à connaître ce qui se fait chez lui.*
> *Mais, croyez-vous,*
> *mon maître,*
> *que, s'il vous savait,*
> *vous,*
> *l'amant,*
> *dans sa maison,*
> *de...*
> *(vous savez bien qui)*
> *dès demain,*
> *la raison sociale*
> *serait celle que l'on prépare,*
> *et qu'il verrait encore en vous*
> *cet homme rare*
> *à qui, sûr de lui-même, il dira :*
> *Tiens !... prends-la !...*
> *Non; n'est-ce pas?*
> *C'est donc que vous disiez :*
> *voilà ;*
> *nous jouons en cinq sec :*
> *je demande une carte — c'est la fille.*
> *Déjà, j'ai trois atouts.*
> *J'écarte un vieux valet de pique embarrassant*
> *— c'est moi —*
> *J'ai quatre points ; je donne et fais tourner le roi.*
> *C'est fini ; j'ai gagné ;*
> *je suis riche et j'épouse.*

Quant à...
(qui vous savez)
sa cervelle jalouse sera,
par son honneur, maintenue en respect.
C'était original !
et d'un nouvel aspect
pour rompre habilement une intrigue qui s'use.
Oui, c'était du joli !
Vous direz, pour excuse, que la dame n'est pas la mère de l'enfant !
Subtilités !
Enfin,
vous étiez triomphant,
tout marchait à souhait,
quand, moi,
valet de pique,
mis à l'écart, d'abord,
je surviens
et complique votre jeu :
vous aviez compté sans le refus.
Je n'entends pas rester toujours ce que je fus, Monsieur ;
et je vous dis :
« Gardez votre maîtresse, qu'importe !
Seule, ici, l'usine m'intéresse. »
C'est pourquoi, cher Monsieur,
c'est bien trop d'appétit
que de vouloir la fille et l'usine.
J'ai dit.

GEORGES

C'est tout.

LASTERA

Non ; car j'attends la réponse à la carte.

GEORGES

Eh ! bien, j'épouserai.

LASTERA

... mademoiselle Marthe ! Oh non. Vous vous croyez dans votre droit, c'est bien ; je ne conteste pas : chacun son droit. Le mien sera d'aller prier Monsieur Aubert de prendre un autre caissier. Dame ! il peut vouloir se rendre compte alors des raisons...

GEORGES

Vous feriez cela ?

LASTERA

Mais, vous épousez bien, vous ; chacun son but.

GEORGES

Jamais vous ne ferez cela.

LASTERA

Dam ! cela vous regarde !...

GEORGES

J'épouserai.

LASTERA

J'irai.

GEORGES

Non.

LASTERA

Si.

GEORGES

Non...

LASTERA

Prenez garde !... il est chargé !... prenez donc garde !...

GEORGES

Enfin, pourquoi me torturer ainsi ?

LASTERA

Je vous en veux.

GEORGES

A moi ?

LASTERA

Si... Si... je vous en veux... et pour cause... et pour cause...

GEORGES

Que vous ai-je donc fait ?

LASTERA

Vous ! Oh ! si peu de chose !...

Vous m'avez simplement volé tout mon bonheur !...
volé ma vie !...
avec mon seul espoir :
l'honneur d'être parti d'en bas et monté jusqu'au faîte ;
l'honneur du combattant qui touche à sa conquête.
Je m'explique :
Depuis trente ans j'étais ici,
chez Monsieur Jean Aubert, meunier,
n'ayant souci
que de chercher comment gagner sa confiance.
A force de travail, de tact, de patience,
Je fis presque un miracle ;
et j'étais devenu
d'homme de peine infime,
ignorant,
demi-nu,
gagnant trois cents francs à faire œuvre servile,
son ami,
son caissier,
et j'en touchais... six mille.
Quand Monsieur Jean Aubert
— le frère de celui qui songe à vous avoir pour beau-fils aujourd'hui —
mourut subitement,
je craignis pour ma place,
car, qui dit successeur dit balayeur !...
La glace cependant fut bientôt rompue,
et mon crédit fut plus grand que jamais.
Oui.

Monsieur Paul me dit : Mon frère vous avait, Monsieur, en grande
estime ; j'entends que vous ayez la part très légitime de vos bons soins et
de vos longs services. On vous réservera, dès ce jour, dans la maison, un
intérêt de cinq pour cent.

Ah ! Dieu !
la brise d'été ;
la chanson des flots ;
la douce surprise des premiers mots d'amour ;
rien...
n'est si caressant...
que ne furent pour moi ces trois mots :
cinq pour cent !
Et dès lors,
je fus une sorte d'homme-lige de l'usine ;
faisant pour sa grandeur prodige sur prodige.
Mais...
je jurai par Belzébuth
que j'aurais mieux encore ;
et mon unique but devint...
d'être patron !...
La chose était hardie !...
Je redouble d'ardeur ; je pioche ; j'étudie ;
y perdant le manger, le boire et le sommeil,
et j'invente,
— oui, j'invente —
un nouvel appareil de blutage.
Oui, Monsieur ;
on tente le système : il était merveilleux !...
Vous l'avez dit vous-même :
Mon génie était fils de mon ambition.
C'est alors,
que le mot d'association fut lâché !
Quel moment !...
Comme je pris la balle au bond, Monsieur !
Enfin ! je tenais la timbale.

J'avais bien travaillé ; bien sué ; bien grimpé ;
Mais...
je l'avais en main.
J'étais encore frappé,
tout ému,
tout fiévreux,
de mon succès,
quand tombe sur mes droits les plus grands
une effroyable bombe qui les anéantit.
Je culbute du mât,
et me retrouve à terre
avec l'éternel bât du caissier.
C'était vous,
(vous, qu'en mourant
un père malade et ruiné,
recommandait en frère à son ami.)
C'était vous,
qui veniez d'entrer en me jetant en bas.
Je dus me concentrer,
et, comme un chien marron que l'on ramène en laisse,
je repris humblement le chemin de ma caisse.
Ah ! ce fut un coup dur d'abord, croyez-le bien.
J'en fus malade, un mois !
puis, je me dis :
« à rien cela ne sert ;
l'ami,
tu ne fus qu'une bête
d'inventer des blutoirs !... »
Et je baissai la tête.
Un jour,
je la levai, pourtant,
et je surpris certains regards.
Pour moi, la chose avait son prix !
C'était un horizon tout nouveau ;
la remarque fut un éclair :
à sa lueur,

je vis la barque de vos folles amours
voguant sur le flot bleu.
Je la laissai voguer,
pensant bien que sous peu je la verrais sombrer :
les barques sans pilote et sans boussole, hélas !
c'est l'éternelle flotte des départs pour Cythère.
Or, l'équipage en mer réclamait entretien ;
l'entretien coûtait cher ;
si bien,
que le caissier
vit le beau capitaine venir à lui.
Charmé, confus, de cette aubaine,
le bon caissier prêta...
prêta trois mille francs...
Le capitaine aurait voulu mieux,
— soyons francs —
mais le caissier malin qui fournissait l'étoupe
tenait à voir sombrer la galante chaloupe
et chaque emprunt était un radoubage.
Hélas !
La barque rentre au port,
O galant Pythéas ;
d'un coup,
on vous marie et l'on vous associe !...
C'en est trop.
Je suis vieux
et plus ne me soucie, enfin, d'être caissier
pas plus que de jouer au calfat.
Non !... Non !!... Non !!!...
Je vous fais échouer, en rade ;
près du port ;
devant la terre ferme.
Je ne suis pas méchant,
mais mon âme se ferme aux magnanimités.
Je ne crois qu'au succès !
J'ai plaidé trop longtemps pour perdre mon procès.

VIII

GEORGES

Soit; vous ave̱z souffert; mais, moi, j'en suis la cause inconsciente.

LASTERA

Moi !
Je ne sais qu'une chose :
c'est que vous me vole̱z trente-un ans de labeur.
Trente et un seulement;
car j'avais la torpeur des marmottes,
l'hiver,
depuis votre venue.
J'attendais,
enterré dans ma double tenue ès-livres,
un rayon d'avril pour dégeler.
J'étais en léthargie.
Et j'aurais vu brûler l'usine
sans crier au feu,
je le confesse :
Un bon caissier, Monsieur, ne connaît que sa caisse.

GEORGES

Maintenant, Lastera, que me demandez-vous ?

LASTERA

De tout refuser.

GEORGES

Vous êtes fou !

LASTERA

Soit. Les fous ont leur idée ; et j'ai la mienne, je vous jure.

GEORGES

Mais c'est l'impossible.

LASTERA

Eh ! c'est juste la gageure que j'ai faite au destin : je me suis engagé sur l'honneur à le faire et m'y trouve obligé ! D'ailleurs, cet impossible est par

vous, au contraire. Aux droits qu'elle a sur vous, vous croyez vous sous-
traire !... la peur du bruit !...

Quand femme
à courir dans le foin chiffonne son bonnet,
le moment n'est pas loin
où du premier moulin elle en coiffera l'aile.
Or, ce moulin-ci fut, ce moulin-là pour elle (Laurence paraît
à la porte de droite ; Lastera qui lui tourne le dos, ne s'en aperçoit pas et dit :)

Vous marier... Jamais elle n'acceptera.

GEORGES

Mais je ne fus jamais son amant.

LASTERA

Vraiment !... ah ! dam ! si vous disiez vrai, quelle belle prouesse !

GEORGES

Pour la dernière fois ce n'est pas ma maîtresse.

LASTERA

Pour la dernière fois, Monsieur George, elle l'est.

SCÈNE VIII

LES MÊMES, LAURENCE (Surgissant.)

LAURENCE (Lui frappant sur l'épaule.)

Vous en avez menti.

LASTERA (Désarçonné. puis avec cynisme.)

La preuve, s'il vous plaît ?

LAURENCE

La preuve, la voici : George épousera Marthe dans un mois.

LASTERA (A part.)

Bien joué. C'est la flèche du Parthe. (Haut.) A mon âge, Monsieur George, on ne se bat plus. Pour vous aussi, Madame, ils seraient superflus, mes regrets. J'ai le tort des paroles trop promptes. Monsieur Georges, demain, j'aurai rendu mes comptes à Monsieur Aubert.

GEORGES (Bas.)

Je ne vous devrai plus rien, Monsieur Lastera.

LASTERA (Demi-voix.)

Mais, Monsieur, j'y compte bien.

LAURENCE

Si, toutefois, Monsieur, vous pensiez que sans preuve on vous croie, allez donc (la chose n'est pas neuve) faire votre métier de dénonciateur.

LASTERA

Je ne suis pas, Madame, un calomniateur; et s'il me prend jamais, croyez-le bien, l'envie à mon tour de parler, vous serez bien servie et ce ne sera pas sans preuves.

GEORGES

Ah ! partez, plus un mot, ou sinon...

LASTERA

Et j'en aurai.

GEORGES

Sortez donc, vous dis-je.

LASTERA

Oh ! oui ; j'en aurai... Je sors. (Il replace dans la panoplie le pistolet.)

SCÈNE IX

GEORGES, LAURENCE

GEORGES

Laurence, tout est perdu.

LAURENCE

Non, George ; il ne sait rien.

GEORGES

Silence ! Il doit espionner. Restez là. Je vais voir. (Il va au fond.)

LAURENCE (A elle-même.)

J'en aurai le courage ;
il le faut.
Le devoir était moins que cela :
c'est sa vie !

GEORGES (Revenant.)

Il s'éloigne.

LAURENCE

Où va-t-il ?

GEORGES

Je ne sais. Pourvu qu'il ne rejoigne pas ton mari !

LAURENCE

Qu'importe ! il ne le croirait pas.

GEORGES

Ainsi... tu sais tout ?

LAURENCE

Oui ; Marthe, tantôt, là-bas, nous a dit qu'elle t'aime.

GEORGES

Eh ! Dieu ! je n'ai que faire de son amour !

LAURENCE

Pourtant, c'est le devoir sévère, George ; il faut obéir.

GEORGES

Moi, Laurence, épouser cette enfant !... Oh ! jamais.

LAURENCE

Tu ne peux refuser ; car ce serait encor te trahir.

Puis,
mon Georges,
n'avons-nous pas juré ?

GEORGES

Tais-toi !
car dans ma gorge
cette parole absurde aurait dû s'arrêter.
Oui ;
je t'ai dit un jour,
te voyant hésiter à te donner à moi :
« Laurence,
Je te jure d'oublier, s'il le faut. »

LAURENCE

Eh bien ?

GEORGES

Mais, cette injure
adressée à l'amour par l'amour aux abois
était un faux serment,
ma Laurence,
et nos voix ont dû trembler alors.

LAURENCE

Non.
Moi, j'étais sincère.

GEORGES

Sincère !
En ce serment impie et fou !
Misère du cœur !
Moi qui croyais
qu'elle m'aimait alors comme je l'aimais,
moi !

LAURENCE

Je ne t'aimais pas ?

GEORGES

Hors d'elle, il n'était rien !
Dieu !
Sa vue était mon âme.
Mais, elle,
calculait,
et croyait à l'infâme projet de n'aimer plus,
le jour où la raison viendrait nous dire :
Assez !
N'aimez plus !
La saison des amours est finie.
Essuyez votre lèvre.
Plus de baisers !
L'amour,
comme un enfant, se sèvre.
Mettez-là l'écriteau facile à déclouer :
Le bail étant fini, ce cœur est à louer.

LAURENCE

Oui ;
raillez-moi.
J'étais sincère, moi, vous dis-je ;
et je vous aimais.
Mais, à travers le vertige
où mon être puisait avec ravissement une nouvelle vie,
ô George !
ô mon amant !
je vis la fin ;
la fin brusque, terrible et sombre.
Je fus forte,
et jurai,
Georges,

d'être ton ombre
jusqu'au jour où le sort prononcerait l'arrêt :
voici l'instant ;
je me souviens ;
mon cœur est prêt.

GEORGES

O folie !
Ce projet n'est qu'un absurde rêve.
C'est tenter, au printemps, de refouler la sève.
Peux-tu dire à ton cœur qui bat à se briser :
Arrête !
Et l'arrêter ?
Dis ?
Peux-tu maîtriser ces tremblements divins,
ces soupirs pleins de charmes ?
Quel frein as-tu pour eux, ma Laurence ?

LAURENCE

Les larmes.
Oui, je saurai pleurer.
Oui, je saurai souffrir.
L'holocauste est cruel, mais je saurai l'offrir.
Mon âme n'aura point,
crois-le,
de nostalgie.
A l'amour,
la douleur donne la léthargie.

GEORGES

Un jour, tu reviendras à l'amour !
au soleil !

LAURENCE

Non, Georges,
c'est la mort ;
c'est l'éternel sommeil !

GEORGES

Mais le cœur souffre !

LAURENCE

Non.
L'oubli... L'oubli le navre, et l'endort à jamais :
ce n'est plus qu'un cadavre.

GEORGES

Ah ! tu mens !
Tu te mens à toi-même !
Ta voix
me dévoile ton âme et son secret.

LAURENCE

Non ; vois :
je suis calme et je dis :
c'est la fin.

GEORGES

A t'entendre, j'ai mis du temps ; mais j'ai compris. Je saurai prendre un prétexte.

LAURENCE

Tu pars ?

GEORGES

Oui. Je refuserai l'association ; ensuite, je dirai

que mon cœur est promis ;
que je n'aime pas Marthe ;
et que j'en aime une autre ;
et qu'il faut que je parte.

LAURENCE

Ah ! cœur impitoyable et dur !...
Il te sied bien d'exalter ton amour
et d'attaquer le mien !
Et tu partiras !...

IX

GEORGES

Non.
Je me tûrai.

LAURENCE

Tu pleures !...
Oh ! non, je ne veux pas, mon Georges, que tu meures ;
ou mourons tous les deux.

GEORGES

Eh bien, Laurence, fuis avec moi.

LAURENCE

Quelle honte !

GEORGES

Oui ; c'est juste ! et je suis égoïste ; pardon.

LAURENCE

Non ; mais, plutôt, invoque un autre amour ; tu peux prendre, sans équivoque, la fortune ; car c'est la part de tes travaux !

GEORGES

Croirait-il, seulement, à ces contes nouveaux, Laurence ? Et puis, d'ailleurs, n'est-ce pas, de la sorte, donner alors raison à Lastera ? (Lastera écoute à la porte vitrée. Le rideau est en dehors ; il masque pour Lastera la vue des deux amants.)

LAURENCE

Qu'importe, s'il le faut ?

GEORGES

Il est traître.

LAURENCE

Eh bien,
j'en fais serment :
si nous sommes trahis,
alors,
mais seulement alors,
je te suivrai.

GEORGES

Je le reçois, Laurence,
ton serment.

LAURENCE

Je saurai
— gardes-en l'assurance —
le tenir à son heure.

Et toi ?

GEORGES

Moi, dès ce soir, je vais me préparer le terrain pour surseoir à ces
projets d'hymen :

Je dirai
que mon âme
est pleine à tout jamais d'un amour dont je pâme ;
et ne mentirai pas,
ma bien-aimée aux longs cheveux !
Ah ! qu'ils sont beaux !
Laisse - moi...

LAURENCE

Non ; allons, il faut nous séparer.

GEORGES

Quoi ! déjà !

Qu'ils sont vite passés ces doux moments.

LAURENCE

Adieu.

GEORGES

Non !
Ne me quitte pas ainsi.

LAURENCE

Que veux-tu ?

GEORGES

Ce soir...

LAURENCE

Quoi ?

GEORGES

Tu viendras ?

LAURENCE

Ami, soyons prudents.

GEORGES

Nous le serons.

Tes bras sont ma vie et ma joie.

(Ils sont arrivés sur le seuil du fond ; Aubert parait.)

A ce soir ?

LAURENCE

Oui.

GEORGES

Le gage de ta promesse ?

LAURENCE

Tiens !

(Elle lui donne un baiser et ils s'enfuient par la porte de droite, Laurence suivie de Georges.)

AUBERT (D'une voix étouffée.)

Oh ! (Aubert est entré par l'avant-scène. Au baiser que se donnent les amants. il abaisse son fusil et va faire feu quand la voix de Marthe se fait entendre.)

LA VOIX DE MARTHE

Moi, si jamais mon cœur charmé...

AUBERT

Marthe ! Oh ! Dieu !

LA VOIX

... s'ouvre aux doux mots d'un bien-aimé...

AUBERT

L'outrage est inouï !
Mais non ; j'ai mal vu !...

LA VOIX

Je ferai bouquet d'immortelles
afin que nos amours
restent toujours, toujours,
immortelles comme elles !

AUBERT

Non, Aubert ;
c'est bien ton déshonneur ;
mais, si je l'ai souffert,
c'est que bien au-dessus de toute ma souffrance
plane ta pureté, Marthe !
Georges !...
Laurence !...

(Il éclate en sanglots et sort.)

SCÈNE X

LASTERA (Il a suivi toute la scène d'Aubert, à travers la porte vitrée. Il entre en scène
après le départ d'Aubert ; ramasse le fusil tombé et le place dans un coin.)

Ils sont pris !...
Et toujours au même piège !...
Hélas ! ce sont des étourneaux !...

Allumons notre gaz. (Il frotte une allumette à sa manche et montant sur un petit escabeau, il en-
flamme le gaz de la suspension.)

ACTE DEUXIÈME

ACTE DEUXIÈME

(Même décor. L'horloge marque huit heures moins quelques minutes. Le gaz est allumé.)

SCÈNE PREMIÈRE

AUBERT et LASTERA (Ils viennent de diner.)

LASTERA (Chantant.)

Croire au gain des procès,
aux bonnes belles-mères
s'appelle en bon français
se payer de chimères.

AUBERT

Ah! ah! ah! très joli : se payer de chimères !... Dieu! les chansonne-
t-on, ces pauvres belles-mères !... Eh bien, et ce sonnet :

Teint enluminé ;
nez vermillonné ;
œil illuminé,
émerillonné.

Chapeau fantastique ;
gilet peu plastique ;
ventre monastique ;
démarche élastique.

Glissant, bondissant,
d'où revient Vincent ?
Ironie amère !
Naturellement,
de l'enterrement
de sa belle-mère.

LASTERA

C'est charmant ! c'est très bien ; et fort bien dit.

X

AUBERT

Flatteur !

LASTERA (A part.)

Je n'y comprends plus rien. (Haut.) Vous me les dicterez, avec les chansonnettes ?

AUBERT

Volontiers. Mais, laissons les sonnets et sornettes ; et voyons ce travail de situation de la maison.

LASTERA

Il va de sa fondation à ce jour, trois septembre.

AUBERT

Une excellente idée.

LASTERA

L'histoire de l'usine est comme dévidée, et l'on suit aisément sa marche et ses progrès. J'ai quelques mots encore...

AUBERT

Eh bien, faites ; après, nous nous occuperons de notre circulaire.

LASTERA

D'ailleurs, il n'est que huit heures, et c'est l'affaire de dix minutes.

AUBERT

Bien. Je parcours le journal, en attendant. (Il s'assied à son bureau.)

LASTERA (A part, à son pupitre.)

Voilà !
Le fait n'est point banal !
Le principal héros s'est fait soudain comparse.
Ah ! la vertu, vraiment, est une rude garce ! (1)
Je croyais qu'on donnait un drame,
et je n'ai vu jouer qu'une opérette.

(1) Farce on pourrait dire sur la scène.

Et dam !
je n'ai pas pu
ni faire du chahut et forcer le spectacle,
ni ravoir mon argent.
J'allais crier : Miracle !
Quand, à table,
Othello,
s'étant fait échanson,
a versé le champagne et chanté la chanson.
Quel superbe trio!
L'infamie est notoire !
Ejusdem farinæ ! (Il rit de ce jeu de mot.)
(Sérieux.) *Morale de l'histoire :*
J'ai brûlé mes vaisseaux
et me voilà forcé de sauter à la mer.
Si j'allais,
insensé, dire :
« Je vous ai vus, là, tous les trois, »
peut-être qu'il prendrait mal la chose
et que par la fenêtre il me jetterait.
Non.
Taisons-nous aujourd'hui,
mais une fois dehors,
dame ! (Il se met au travail.)

AUBERT (A part.)

Et j'ai fui !... j'ai fui !...
Et pendant plus d'une heure,
à table,
par un rôle je les ai rassurés.
Je disais un mot drôle !... je chantais !...
J'ai chanté,
pour déguiser les cris de ma douleur poignante ;
et Marthe a dit :
« Tu ris jusqu'aux larmes !... »
Ils ont cru

que c'était de rire
que mes yeux se mouillaient.
Quelle souffrance est pire que celle-là :
savoir et se taire ?
Pourquoi donc ai-je fui ?
Je suis un lâche, alors.
Et moi,
Aubert,
je n'ai pas pu trouver,
stupide hère,
assez de folle rage et d'aveugle colère
pour les tuer tous deux.
Eh bien, non ; non ;
j'eus peur,
mes oreilles tintaient ;
je sentais la vapeur du vertige
monter à mon cerveau.
La cible
n'était plus à mes yeux ce couple irrémissible ;
non ; c'était ma raison que mon fusil visait,
je me frappais moi-même,
et mon honneur gisait,
tué par moi.
J'eus peur de ce double suicide
et m'enfuis !
A présent, que me voilà lucide,
je me trouve bien lâche !
Oh ! Laurence !

LASTERA

Voici ; c'est fait.

AUBERT

Ah ! bien. Voyons.

SCÈNE II

Les Mêmes, GEORGES

GEORGES

Comment! encore ici?... Travaillant ?

AUBERT (A part.)

Lui!... (Haut.) Sans doute.

GEORGES

Et c'est pour moi, je gage.

AUBERT

Oui, Georges ; c'est pour toi. C'est le juste partage du bien que le grand cœur de ton père, autrefois, me permit de sauver. Ainsi, Georges, tu vois que c'est autant ton bien que le mien.

LASTERA (A part.)

O touchante association !

AUBERT

La fortune est changeante ;
il faut, aux jours heureux, penser à l'avenir ;
et c'est thésauriser,
George,
et se prémunir,
que d'être créancier, crois-le, d'un honnête homme.

GEORGES

Certainement, Monsieur Aubert.

AUBERT

C'est bien.

Mais, comme
dans les temps féodaux,
l'aspirant chevalier,

à l'heure d'être armé,
cherchait un familier,
un de ces hommes sûrs
dont la bouche conseille la droiture et l'honneur,
pour assister sa veille ;
veux-tu,
toi, qui, demain,
vas,
en quelque façon,
être armé chevalier,
recevoir la leçon d'un ami ?
Dis,
veux-tu faire ta veille d'armes ?

GEORGES

Mais, oui, Monsieur Aubert.

AUBERT

Et tu verras
quels charmes
on a,
dans ces moments,
rares et solennels,
à causer du passé ;
des chers jours paternels
et de se faire, à soi, la promesse fidèle
de fonder l'avenir sur ce calme modèle.
Tu verras...

Lastera, laissez-nous un instant. Allez trouver ma fille, ô le plus con-
certant des caissiers, et chantez à vous deux le *Trouvère* et ses chœurs.

LASTERA

Je ne suis pas en voix. Je préfère, si vous le permettez, faire un tour en
fumant une pipe.

AUBERT

Parfait.

LASTERA (A lui-même.)

Allons, dans un moment, je saurai si je dois bientôt boucler mes malles.
(Il sort.)

SCÈNE III

AUBERT, GEORGES (Toute cette scène est sans éclats, sans emportement :
il y a tout près des gens qui ne doivent rien entendre.)

(Aubert accompagne Lastera ; ferme sur lui la porte du fond ; tire les rideaux et s'assure que toutes les portes
sont fermées. Pendant ce temps, Georges se dit à lui-même :)

GEORGES (A part.)

Non, non ;
mon cœur jamais ne les fera rivales.
D'ailleurs, le pourrait-il ?
Et le rêve ingénu de Marthe,
où germe, à peine, un désir d'inconnu,
pourrais-je l'opposer à ce torrent de lave,
à cette passion dont mon être est l'esclave ?
Non.
L'amour de Laurence
est un amour puissant, jaloux, dominateur ;
je l'aime par le sang, par les nerfs, par la chair,
plus encor que par l'âme.
Ta fraîcheur ne peut rien, Marthe, contre sa flamme,
et tes trésors de grâce,
et ta jeunesse en fleur,
ne pourraient suppléer,
enfant,
à la chaleur de ses baisers...

AUBERT (A part, devant le portrait de Marthe.)

Voici l'horrible épreuve !
O Marthe !
Sois l'ange gardien de ma raison ;
écarte la démence
qui vient et me monte au cerveau.

Toi, mon ciel ;
toi, mon Dieu ;
pour moi
fais ce nouveau, cet inouï miracle
en cette heure suprême.
Oui ;
quoique ma prière ait tout l'air d'un blasphème,
tu comprends bien pourquoi
je te prie ardemment de me faire sans cœur et lâche en ce moment.
De l'affront invengé reçois le sacrifice ;
je veux être le seul à boire le calice ;
sur de pareils malheurs tu ne saurais pleurer ;
et cette boue,
enfant,
ne doit pas effleurer ta robe blanche !...

GEORGES (A part.)

Allons ; mes défenses sont prêtes.

AUBERT

Georges !

GEORGES

Monsieur Aubert ?

AUBERT

Monsieur Georges, vous êtes un misérable...

GEORGES

Mais...

AUBERT

Vous me comprenez bien, n'est-ce pas ?

GEORGES

On vous a menti.

AUBERT

Nul ne m'a rien dit.
Je vous ai surpris.

Je vous ai vus, moi-même.
Que répondrez-vous?
Rien.
Vous baissez le front,
blême et honteux,
en coupable.
Oui ; vous avez raison :
cachez-vous ;
cachez-vous de cette trahison.
Ah! vous vous réveillez et voyez votre faute!
Qu'elle est grande!
L'ami, le bienfaiteur et l'hôte,
vous les avez d'un coup trahis et bafoués.
La gratitude est lourde à votre âge!
Avouez que pour vous libérer
vous avez pris à tâche
cette lâcheté.

GEORGES

Non.
Je ne suis pas un lâche.

AUBERT

Vous n'êtes pas un lâche!...
Et qu'avez donc fait?
Comment s'appelle : rendre outrage pour bienfait?
Tromper!
déshonorer!
qui vous aime et protège :
cela n'est pas d'un lâche
et n'est pas sacrilège?
Eh! quoi!
Je vous accueille, ici, dans ma maison ;
deux ans sont écoulés, à peine,
qu'en raison d'une dette sacrée,
et parce que j'ai toute confiance

en vos soins, en vos talents,
j'ajoute à mon nom votre nom :
tous deux, encore hier, signifiaient : honneur.
Ce bien,
qui me rend fier
et dont je suis jaloux par dessus toute chose,
je le fais votre bien ;
et mon cœur
se propose d'avoir, dans quelques jours,
deux enfants au lieu d'un.
Et vous,
pour tous ces dons ;
vous,
que n'arrête aucun lien sacré ;
vous,
dont le cœur pétri de fange
se plaît dans l'infamie et le vice ;
en échange des bienfaits ;
en retour de l'hospitalité ;
pour reconnaître, un peu, ma libéralité ;
pour me bénir, enfin, de vous donner mon âme...
vous souillez ma maison...
... Ah ! vous êtes infâme !

GEORGES

J'allais tout refuser : association et mariage.

AUBERT

Eh bien ?
Après ?
Votre action serait-elle moins vile ?
Et vous... moins méprisable ?

GEORGES

C'est la fatalité.

AUBERT

Taisez-vous !
L'implacable fatalité, c'est vous...
C'est votre cœur pervers !...
Taisez-vous !
car je vois le mensonge à travers vos yeux.
Ayez, au moins, la pudeur du silence.

GEORGES

Monsieur Aubert...

AUBERT

Baissez les yeux ;
car l'insolence sied mal et rend plus vil !

GEORGES

Monsieur Aubert, assez ! Mes torts, je le comprends, doivent être effacés :
je suis prêt.

AUBERT

Je suis prêt !... Quel langage est le vôtre ?

GEORGES

On peut être l'amant de la femme d'un autre sans être lâche et vil.
Battons-nous ; me voici prêt ; à vos ordres.

AUBERT

Vous ! Le malheureux !... Ainsi, j'ai bien compris ! Vraiment ! A mes
ordres !... Je pense cependant que c'est moi qui vous ai fait offense !...

GEORGES

Non. Vous avez le choix des armes.

AUBERT

Ah ! merci bien. Grand merci, jeune homme.

Et je ne sais pas,
si,

dans mon propre intérêt,
il n'est pas préférable,
que je vienne, à vos pieds, faire amende honorable !

J'ai le choix ! Ainsi donc, c'est là, la notion que vous avez du juste et l'éducation qu'on vous a faite !

Au moins,
ce n'est pas votre père
qui vous apprit cela ;
ce n'est pas lui, j'espère,
qui vous a dit
que lorsqu'on avait lâchement
trompé son bienfaiteur
en devenant l'amant de sa femme,
on ne lui devait. dans l'équipée,
et tout au plus encor...
qu'un galant coup d'épée.
Oh ! non, non ; n'est-ce pas ?
et c'est à son insu
que vous avez appris ou vous avez conçu
ces règles du devoir,
cette belle doctrine du repentir !
Et vous n'avez, dans la poitrine, aucun tressaillement ;
et vous restez là, froid ;
et vous ne voulez pas reconnaître mon droit de vous admonester,
quand mon devoir sévère était de vous tuer !

GEORGES (Jouant avec la chaine de sa montre.)

Soit !
Il fallait le faire !

AUBERT

Oui ; c'est vrai.
Cette fois, je l'ai bien mérité, ce reproche ;
c'est vrai.
Je l'aurais évité si j'avais su frapper.

J'eus pitié de vous ;
certe, vous n'en méritez guère ;
et cela déconcerte
de savoir qu'un enfant a des instincts si bas.
Donc,
en parlant de duel vous ne plaisantez pas ?

GEORGES

Sans doute ; cet amour, qui tient mon cœur, m'empêche de rougir ; et l'excuse, à ma lèvre, est trop rêche. Vous nous avez surpris ; et si votre droit est de m'insulter, le mien est de me dire prêt à vous rendre raison.

AUBERT

Ah ! votre âme est bien sourde !
Et j'attendrais en vain
que de vos yeux il sourde un pleur de repentir.
Vous êtes trop mauvais.
Je ne tenterai plus de vous toucher.
Je vais vous parler, à présent,
au nom de deux honnêtes hommes,
à vous,
larron !...
Non, Monsieur !... non !...
Vous n'êtes à mes ordres,
Monsieur,
pas plus que je ne suis aux vôtres ;
écoutez :
Un jour
(vingt ans enfuis,
n'en ont pas amoindri le souvenir funeste)
je commis une... erreur...
cela seul... je l'atteste !...
Mais cette erreur connue eût terni mon honneur...
J'allais de désespoir me tuer.
Par bonheur,
je trouvai, sur ma route, un ami,

votre père,
qui me dit : Prends ceci, Paul,
et ne désespère pas.
Mais c'était trop peu.
Le cas étant urgent,
il vendit des valeurs et m'en donna l'argent.
C'était encor trop peu, car la somme était forte.
Alors,
cet homme alla frapper de porte en porte ;
il vit parents, amis ;
un parent refusa...
Que fit-il ?
— Ecoutez, jeune homme —
il s'accusa de mon erreur, à moi,
pour attendrir son âme ;
et, la tête baissée,
il essuya le blâme de ce parent, à qui,
plus tard, d'un air contrit,
il dut avouer...
Bref,
le parent s'attendrit :
« Eh ! je ne voulais pas, me dit-il, autre chose ! »
Enfin, il réunit la somme,
et vint,
sans pose,
me dire simplement,
un peu, même, interdit :
« Ne recommence pas ; je n'ai plus de crédit. »
Et c'était pour cela,
que je faisais ce rêve de fortune et d'amour ;
que je sentais la sève de la jeunesse, en moi,
quand je pensais à vous.
C'était mon grand espoir ;
mon désir le plus doux ;
c'était mon but unique
et mon point de repère

que d'acquitter au fils
ma dette envers le père à qui je devais tout :
et la vie et l'honneur.
Vous venez, aujourd'hui, d'annuler, suborneur,
les services rendus et les dettes inscrites.
Je ne vous dois plus rien...
plus rien...
Nous sommes quittes : sortez !...

GEORGES

C'est bien, Monsieur. (Il s'éloigne résolument.)

AUBERT (D'abord anéanti, puis se ravisant.)

Georges... Georges...

GEORGES

Eh bien ?

AUBERT (Avec quelque angoisse.)

Où vas-tu ?

GEORGES

Je pars.

AUBERT (Un peu hésitant.)

Non ; écoutez.

GEORGES

Je n'ai rien à savoir.

AUBERT (Il s'avance peu à peu.)

Ne sortez pas encor.

GEORGES

Non ; vous dis-je. Je ne veux rien entendre.

AUBERT (Placé entre Georges et la sortie.)

Eh bien, moi, je l'exige.

GEORGES (Reprenant sa marche.)

Vraiment ! Essayez donc de retenir mes pas...

AUBERT (S'interposant impérieux... puis suppliant.

Ah ! vous ne sortirez... tu ne sortiras pas... Georges.

GEORGES

Vous ! m'empêcher de sortir.

AUBERT

Je t'en prie, enfin.

GEORGES

Vous m'en priez ! quelle plaisanterie est-ce là, dites-moi ?

AUBERT

Tu ne vois pas que si tu sors de ma maison, qui fut la tienne aussi durant près de deux ans, on saura tout...

> *Déserte brusquement mon foyer,*
> *et, par la porte ouverte,*
> *on verra mon malheur.*
> *Les gens apercevront l'adultère à ma table*
> *et riront de l'affront ;*
> *et tu voudrais cela ?*
> *Ce serait mon salaire ?*

GEORGES

Vous m'avez chassé !

AUBERT

> *Mais, Georges,*
> *c'est la colère ;*
> *c'est la douleur, vois-tu !...*
> *Car depuis le moment où je vous ai surpris...*
> *je souffre horriblement.*
> *Que j'ai souffert, alors ;*
> *et que je souffre encore !...*
> *Douleur d'époux trahi, dira-t-on !...*
> *L'on ignore de combien de douleurs*
> *est faite celle-là.*
> *Va, je ne comprends pas,*
> *quand mon œil se voila,*
> *comment*
> *le sang soudain, reflué par l'artère,*
> *n'a pas rompu mon cœur en me jetant par terre.*

Donc, tu m'as bien compris ; je vois que tu t'émeus ; tu ne partiras pas...

GEORGES (Ému.)

Mais, est-ce que je peux faire autrement ?

AUBERT

Attends.

GEORGES (Luttant avec lui-même.)

Est-ce que c'est possible !...

AUBERT

Oui ; tu le peux. Crois-moi ; ne sois pas inflexible ; reste jusqu'à demain. Ce soir, il est trop tard ; nous ne trouverions pas prétexte à ce départ ; tandis qu'en leur disant : il faut que Georges parte demain matin ; alors, ni Lastera, ni Marthe... Elle surtout !... Enfin, nul ne s'étonnera de ce brusque départ, ni ne soupçonnera la vérité. Tu vois, cela, tu peux le faire. Tout se comprend ainsi. Tu pars pour une affaire quelconque... Des achats... Tu t'embarques ; tu vas dans des pays lointains...

Nous avons, de là-bas, de tes lettres,
d'abord ;
et puis,
plus de nouvelles :
les dangers journaliers ou les fièvres mortelles
expliquent le silence.
Un jour,
un vague bruit
de Français disparu dans ce pays
détruit tout leur espoir.
C'est toi.
Plus de doute ;
on te pleure.
Et moi,
que ce mensonge apaise,
oubliant l'heure
où je crus que l'outrage allait m'anéantir,
je ne me souviens plus que de ton repentir ;
une même pitié,
George,

XII

alors, nous rassemble :
avec elles, je prie...
Et nous pleurons ensemble.

Eh bien ?

GEORGES (Ebranlé.)

Eh bien...

AUBERT

Dis oui.

GEORGES (Résolu.)

Non... je dois partir.

AUBERT (Atterré.)

Ah! quand... partir ?...

GEORGES

A l'instant.

AUBERT

A l'instant ?

GEORGES (A lui-même.)

On dira ce qu'on voudra !... Qu'y puis-je ?

AUBERT

Ah ! George !
Ah ! misérable enfant !
Méchant !
Ah ! vous êtes inexorable !
Eh bien, soit.
Oui,
partez !...
A l'instant !
Sans tarder.
Mais, partez sans retour, du moins !
Sans regarder en arrière, surtout.
Car, cette fois, je le jure,
sans faiblir je saurai me venger de l'injure.
Malheur !... Malheur à vous,
si, dans cette maison,
l'on apprenait un jour

quelle fut la raison de ce brusque départ ;
car, alors,
par le piège ;
par la ruse ;
par le vil guet-apens ;
l'aurais-je ou non,
ce droit de vous tuer,
je saurais bien le prendre
et sans trembler,
vous tuer comme un chien !...
Et maintenant,
partez ;
j'attends l'heure équitable,
où je vous frapperai de ma haine implacable ;
où, d'être sans pitié, sera venu mon tour.

(Appelant.)

Lastera !...

Lastera ! (A Georges.) Vous allez partir pour Marseille. (Il va sur le balcon.)

GEORGES (A part.)

C'est fatal ! Cela devait, un jour, finir ainsi.

AUBERT

Holà ! Lastera, venez vite.

SCÈNE IV

Les Mêmes, LASTERA

LASTERA

Me voici, Monsieur.

AUBERT (Très fiévreux, très verbeux. Scène surchauffée.)

Ah ! mon cher ; Georges médite une splendide affaire. Il part donc à l'instant pour Marseille.

LASTERA

Ah !

AUBERT

Donnez-lui cinq cents francs.

LASTERA

Bien.

AUBERT

Tant en or qu'en billets.

LASTERA

Oui, mais la chose est hardie ! Il est bien tard, je crois...

AUBERT

Huit heures et demie et ce n'est que pour neuf...

LASTERA

Ah ! l'express de Paris.

AUBERT

Colas attellera le petit cheval gris au phaéton, et dans un tout petit quart d'heure, tu seras arrivé. (Il sonne.) Bonne idée !... et demeure ferme ! J'avertirai maître Armand du retard. (Colas paraît.) Colas, attelez *Fox* au phaéton. (A Georges.) Plus tard, nous signerons notre acte. (A Colas.) Allez donc ; le temps presse ; Monsieur Georges part.

COLAS

Bien, Monsieur. (Il sort.)

AUBERT

Vite. (A Lastera.) Et vous, est-ce que vous avez remis l'argent ?

LASTERA

Oui, Monsieur.

AUBERT

Bien. (A Georges.) Toi, grimpe dans ta chambre et ne prends presque rien ; seulement ta valise. Et si tu devais faire un séjour un peu long pour surveiller l'affaire, j'y pourvoirai. Là, hop ! je vais t'attendre en bas.

GEORGES (A part.)

Oh ! je veux l'avertir.

AUBERT (A part.)

Ils ne se verront pas.

(Ils sortent.)

SCÈNE V

LASTERA (Seul.)

Oh! oh!
Que de fracas pour nous tourner la tête, patron !
... et que de mal pour nous cacher la bête !
Coupez au cerf son bois,
il est toujours trahi par son odeur !
J'en suis resté tout ébahi, ma foi ;
car... ils sont gais ;
mais leur carillon
sonne un air d'enterrement.
Je ne connais personne
qui puisse en remontrer...
(Chantant.) *à papa Lastera,*
tra... deri... dera...
(Sérieux.) *Hé! qui dit qu'il restera caissier*
en a menti.
Ne prends que ta valise, l'ami ;
je ne ferai pas l'extrême sottise
de préparer ma malle.

Ah !...

SCÈNE VI

LASTERA, GEORGES (En costume de voyage. Valise en main.)

GEORGES

Lastera !

LASTERA

C'est vous !

GEORGES

Trêve d'inimitié, pour l'instant, entre nous : il sait tout.

LASTERA

Mais ce n'est pas moi qui...

GEORGES

Non ; lui-même nous surprit : il me l'a dit tantôt, ici.

LASTERA

J'aime mieux ça.

GEORGES

Je pars.

LASTERA

Vraiment ! pour toujours ?

GEORGES

Pour toujours.

LASTERA

Tant mieux.

GEORGES

Oui ; je comprends.

LASTERA

Eh ! parbleu !

GEORGES

J'ai recours à vous.

LASTERA

Pour ?...

GEORGES

Vous prier de me rendre un service. Puis-je compter sur vous ?

LASTERA

Mais, c'est selon l'office qu'il me faudra remplir : parlez.

GEORGES

C'est un secret. Me le garderez-vous, Lastera ?

LASTERA

Le décret qui vous exile me satisfait.

GEORGES

Elle ignore ce qui vient d'arriver, car je n'ai pas encore pu la voir, surveillé constamment par Aubert. Voyez-la. Dites-lui que tout est découvert; que je pars; mais que...

LASTERA

Mais que...

GEORGES

J'ai votre parole; vous ne me trahirez pas... qu'elle se console en sachant que ce soir, dans deux heures, en bas, je l'attendrai.

LASTERA

Pour fuir avec vous?

GEORGES

N'est-ce pas absolument forcé?

LASTERA

Mais, elle, ce me semble, hésitera.

GEORGES

Non, non. Nous devions fuir ensemble. J'ai là... voyez... un mot... pour elle. (Il lui montre un écrit.)

LASTERA (Lit, puis rend la lettre.)

C'est tout?

GEORGES

Non. Il me faut de l'argent... Pour moi, vous fûtes bon; et j'ai pensé que vous m'aideriez, car la somme que vous m'avez remise est bien minime; et comme il nous faut aller loin, nous cacher, voyager, prêtez-moi mille francs et je vais m'engager pour deux mille.

LASTERA

C'est tout? L'intérêt est honnête, mais vous ne l'êtes pas, vous. On sait, quand je prête, que ce n'est pas au cent pour cent; il s'en faut bien. Puis chacun son métier, Monsieur Georges; le mien n'est point de vous aider dans vos jolis programmes ; et, ce n'est pas, surtout, pour enlever les femmes qu'on me trouve banquier.

GEORGES

Vous prêtâtes pourtant pour les séduire.

LASTERA

Non. Tout au plus un instant pour les entretenir ; et c'est une nuance.

GEORGES

Ainsi ?

LASTERA

Ne comptez pas sur moi.

GEORGES

Mais, le silence, le garderez-vous ?

LASTERA (Tirant des papiers de son pupitre.)

Oui ; vous prêter de l'argent me concerne. Le rapt, en soi, fort affligeant, ne me regarde pas. Quant au petit service d'autrefois... crac... crac... crac... (Il fait flamber les reçus.)

C'est le feu d'artifice
que je tire en l'honneur de votre heureux départ.

Voyons, avouez donc que c'est beau de ma part.

GEORGES

Prêtez-moi de l'argent.

LASTERA

Au même taux ? Silence !... C'est votre fiancée.

GEORGES

Avertissez Laurence, au moins. (Il lui tend la lettre.)

LASTERA

Non !... No !... Nenni !... C'est tout ce que je sais.

GEORGES (A lui-même.)

Elle ne viendra donc pas !

SCÈNE VII

Les Mêmes, MARTHE

MARTHE

Vous partez ?

GEORGES

Je vais en voyage, oui.

MARTHE

Pour bien longtemps ?

GEORGES

Pour quelques heures seulement.

MARTHE

Est-ce sûr ?

LASTERA

Mais avec les meilleures intentions, il faut compter sur le hasard. Comme en guerre, en affaire, on sait bien quand on part, mais...

MARTHE

C'est mal, Lastera, de l'excuser d'avance. Il m'écoutera, moi ; car, vous savez, je pense, Monsieur, que les projets qu'on a formés sur nous, me donnent, dès ce jour, un peu le droit de vous dicter mes volontés : mettez-vous bien en tête d'être ici demain soir.

GEORGES (Voyant Colas.)

Ah !

COLAS

La voiture est prête, Monsieur Georges.

GEORGES

C'est bien ; je descends. (A part.) Ah ! du moins, elle viendra... (Il va à la croisée de gauche et soulève un rideau qu'il pose sur sa patère.)

LASTERA (A lui-même.)

Tiens, tiens ; un signal !

XIII

GEORGES (A Marthe.)

Tous mes soins n'auront pas d'autre but que celui de vous plaire...
Adieu, Mademoiselle...

MARTHE

A bientôt, au contraire.

LASTERA

Bon voyage, de tout mon cœur, Monsieur Girard !...

MARTHE

Eh bien ?... (Georges allait pour sortir ; il se retourne ; voit Marthe qui lui tend la main et revient vers
elle la lui baiser.) C'est mieux !... Allez.

LA VOIX D'AUBERT

Neuf heures moins le quart, Georges.

GEORGES (A lui-même.)

Allons !... (Il sort.)

MARTHE (Courant au balcon.)

Je veux le voir partir.

LASTERA (A lui-même.)

J'augure fort mal de ce signal. (Il décroche le rideau.) Je ne suis pas parjure : on
ne m'a rien dit.

LAURENCE (Elle entre et regarde le rideau.)

Rien. (Elle va au balcon.)

LASTERA (A part.)

Elle ne viendra pas au rendez-vous.

MARTHE

Bonsoir, Georges.

AUBERT (Entrant.)

Il part.

MARTHE

Là-bas, n'allez point oublier, Georges, votre promesse.

AUBERT (Au balcon.)

Ni la mienne, surtout. (Un temps.)

LASTERA

Avec quelle allégresse *Fox* les emporte !

AUBERT (Revenant.)

Enfin !

LASTERA

Il n'est pas endormi !... (Les personnages rentrent en scène.)

AUBERT

Allons, bonsoir, Laurence.

LAURENCE (Incline son front qu'Aubert baise.)

Oui, bonsoir, mon ami.

MARTHE

Bonsoir, cher père aimé.

AUBERT (Même jeu, mais avec élan.)

Bonsoir, Marthe, ma chère fille !... (Les deux femmes sortent.) (A Lastera.) Et nous, maintenant... à notre circulaire,

ACTE TROISIÈME

ACTE TROISIÈME

(Même décor. Il est dix heures. Une cercel est sur le bureau d'Aubert.)

SCÈNE PREMIÈRE

AUBERT et LASTERA

LASTERA (A son pupitre.)

L'exercice suivant fut de seize cent six mille, trois cent quarante-un francs, soixante-et-dix centimes.

AUBERT (A son bureau.)

Bien. (On frappe.) Entrez.

SCÈNE II

Les Mêmes, COLAS

AUBERT

Ah ! vous êtes sans doute arrivés à temps ?

COLAS

Oui. Monsieur George est en route pour Marseille à cette heure.

AUBERT

Eh bien, fermez, en bas, avec soin.

COLAS

Oui, Monsieur.

AUBERT

Puis, à demain, Colas.

COLAS

Alors, bonsoir, Messieurs.

AUBERT ET LASTERA
Bonsoir, Colas.

SCÈNE III

AUBERT ET LASTERA

AUBERT

Ah ! qu'est-ce qu'il nous reste à présent à faire ?... Ah ! notre caisse !

LASTERA

Oui, Monsieur. Nous avons, d'abord, neuf rouleaux d'or de mille francs. Plus cinq, de cinq cents. Tiens, encor un...

AUBERT

Douze mille francs.

LASTERA

En argent, cent cinquante.

AUBERT

Soit douze mille cent cinquante.

LASTERA

En billets : trente-trois mille francs, d'abord. Puis des coupures pour six cents francs.

AUBERT

C'est tout ?

LASTERA

Tout !

AUBERT

C'est après-demain, jour d'échéance !

LASTERA

Il nous faut près de trente-cinq mille francs ! C'est plus qu'il ne nous en faut ; soyez tranquille.

AUBERT

C'est juste. Et maintenant il est tard, Lastera ; dix heures et demie.

LASTERA

Oui.

AUBERT

Serrez tout cela ; puis, allons dormir.

LASTERA (A part.)

Oh ! sang-Dieu ! je t'en défie, après cette journée ; et ta philosophie aura moins belle part, quand tu vas te sentir tout seul. (Haut.) Voilà ; c'est fait.

AUBERT

Ah !... Bien.

LASTERA (A part.)

Pauvre martyr, tout de même. Tantôt, je le croyais infâme, mais j'ai compris, et c'est bien, au contraire, une âme noble et bien trempée. Ah ! l'on blague ; on rit de la chose ; mais on ne sait, si l'on passait par là, ce qu'on ferait soi-même.

AUBERT

Eh bien, donc, une bonne nuit.

LASTERA

Vous aussi. Tiens !... vous ne venez pas ?

AUBERT

Je donne un coup d'œil à ceci ; car je voudrais finir ce soir.

LASTERA

Parfait. (A part.) Il reste... et l'autre va venir ! Diavolo ; ça se corse !
(Il sort après avoir éteint la suspension.)

XIV

SCÈNE IV

A U B E R T (Seul.)

Enfin !...
Cette journée épouvantable...
... va donc être terminée !
Elle avait au début tant d'espoir de bonheur !...
Trois heures ont suffi
pour flétrir mon honneur
et tout ce que le sort mit de bon en mon âme !...
De ma plaie,
à présent,
quel sera le dictame ?
Qui me consolera d'avoir tout perdu...
tout !...
Heureux !
J'étais heureux !
De mon honneur debout, immaculé,
j'avais comme un orgueil extrême :
j'avais failli le perdre,
et, c'est là,
le suprême bien,
le plus grand, pour moi,
que l'on doive priser !
Et, soudain,
à mes yeux, il vient de se briser ;
il est en mille éclats
et mon pauvre cœur saigne ;
et mon nom,
deviendra, peut-être,
quelque enseigne
méprisable ou plaisante.
Où sont-ils ces projets si longtemps caressés ?
Ces consolants sujets de ma pensée ?

Elle est donc sans pudeur, ni honte,
elle,
que je croyais et si chaste
et si prompte à venger l'affront fait à sa pudicité !
Qu'est devenue,
hélas !
cette simplicité, cette candeur d'enfant :
un mensonge.
O misère !
Je l'aimais en époux et je l'aimais en père.

Et je la regardais parfois avec respect,
tant elle paraissait virginale.
Et l'aspect des saintes,
que l'on voit sur les autels,
la palme du martyre à la main,
ne produit pas de calme si grand
que n'en laissait sa douce vision.
Mais le nimbe est tombé comme l'illusion,
et le visage d'ange, hélas !
n'était qu'un masque.
Oh ! ce Georges !
c'est lui,
qui jeta la bourrasque dans ma maison.
Elle est entrée avec fureur ;
brisant tout ;
souillant tout ;
et me laissant l'horreur des autres et de moi.
A mon malheur,
s'ajoute la crainte du malheur :
il connaît cette route
et ne va plus, jamais,
passer que par ici.
Mon champ est dévasté !...
Que reste-t-il ainsi de tous mes biens passés :
ma Laurence : adultère ;
George : ingrat et méchant ;
moi : que la haine altère !

La revoir ! .. Lui parler !...
Du matin jusqu'au soir subir son faux regard ;
le soir venu,
m'asseoir près d'elle ;
puis,
sentir, parfois,
sa lèvre chaude d'un mensonge ;
et savoir
que tout, en elle, est fraude,
jusqu'aux spasmes d'amour qu'elle ressent...
pour lui !...
Quel supplice incessant !
A partir d'aujourd'hui,
demain,
après-demain,
tous les jours,
sans relâche,
viendront me rappeler que je ne fus qu'un lâche.
La mort n'est-elle point plus douce ?
Je le crois.
L'humanité peut bien porter, un jour, sa croix,
mais c'est trop
que monter tous les jours au calvaire.
La mort vaut mieux ;
la fin ;
et c'est... ce qu'il faut faire.
Que dis-je !
Pour mourir,
il ne faudrait avoir dans sa vie
aucun but, nul amour, nul devoir ;
en partant,
ne laisser après soi que la foule,
la foule indifférente et pareille à la houle
qui, folle,
efface un nom tracé sur le gravier.
Mais, moi,

je laisserais ma fille.

— Le levier de ma vie et mon but. —

Non ;

non ;

je dois poursuivre.

La vie est lourde

mais mon devoir est de vivre ;

et je vivrai.

Ma fille

éclairera ma nuit ;

son regard, désormais, devient mon phare ;

il luit dans l'ombre de mes jours.

Pour respecter ton âme,

Je me tairai, ma Marthe,

et subirai l'infâme qui m'a trahi. (Un temps.)

Ouvrant la fenêtre.) *Quelle paix !...*

Quel calme profond !

Quel grand silence aux cieux !...

L'orage...

n'est qu'au fond de mon être !...

(Il ferme les fenêtres, tire les rideaux et sort par la droite.)

SCÈNE V

M A R T H E (A mesure qu'Aubert s'éloigne, elle entre en scène.)

Plus rien. Il s'éloigne. Il referme la porte du salon. Il monte d'un pas ferme l'escalier. Le voilà rentré chez lui. Je suis toute tremblante encor. Je le croyais loin ; puis, j'ai bien compris sa voix à travers cette porte : elle était tout émue et vibrait, grave et forte : il était seul pourtant. Bon père !... Il se parlait à lui-même... Ah ! voyons... (Elle écarte les rideaux du fond et regarde à travers les carreaux. La lumière de la lune l'inonde.) Quoi ! plus rien ! s'il allait disparaître ; ou, plutôt, si je m'étais trompée... Oh ! non, je ne crois point ; et par une échappée de lune. Ah ! le voici ; je ne me trompais pas. Oui ! c'est lui ; c'est bien lui. Comme comptant ses pas, il longe le grand mur, dans l'ombre ; puis, s'arrête brusquement. Il regarde ici. Mais, de la tête, il semble m'adresser un appel. Est-ce à moi? Sans doute!... A qui serait-ce? Ah! mon cœur plein d'émoi bat à se rompre... Et puis, il faut bien, pour qu'il brave la nuit, que le motif qui l'amène soit grave; peut-être un accident. Je vais savoir pourquoi ce retour et quel est ce mystère. (Elle ouvre la porte du fond et pousse un cri à peine comprimé en voyant Georges, qui, ayant adossé une échelle contre le balcon, saute dans l'appartement). Ah!

SCÈNE VI

MARTHE, GEORGES

GEORGES

C'est moi; viens, fuyons.

MARTHE

Pourquoi fuir?

GEORGES

Ah! comment! c'est vous, Marthe?

MARTHE

Sans doute. Mais pourquoi voulez-vous que je parte avec vous, dites-moi?

GEORGES (A part.)

Tout est perdu.

MARTHE

J'ai peur, Georges, de vous voir là; je pressens un malheur; car vous êtes troublé, Georges; votre main tremble. Que vous a dit mon père, et pourquoi donc ensemble, tantôt?...

GEORGES

Quoi! Vous savez?

MARTHE

Non, non, je ne sais rien; mais je veux tout savoir. Je ne comprends pas bien votre départ soudain et prompt comme une fuite.., ce retour clandestin.., toute votre conduite enfin sent le mystère, et je veux tout savoir.

GEORGES

Comment avez-vous su que j'étais là ?

MARTHE

Le soir me paraissait si doux, si calme ;
et la journée
avait si grande part
sur notre destinée,
ô Georges, mon ami ;
que pour parler à Dieu,
plus près, s'il se pouvait,
devant le grand ciel bleu,
devant cet infini d'azur et de lumière,
je voulus le prier.
Sans doute ma prière fut ainsi plus directe
et l'alla mieux trouver.
Je priai longtemps ;
puis,
je me pris à rêver.
Je parcourais ainsi l'existence promise ;
et je la façonnais,
cette vie, *
à ma guise.
Et vous étiez heureux,
tout ayant réussi suivant vos chers désirs.
J'étais heureuse aussi ;
(heureuse d'être aimée).
Et je m'appuyais, fière, sur votre bras,
mon George ;
et notre vie entière était unie et douce.
Oh ! j'ai peut-être tort de vous parler ainsi ;
mais, n'est-ce pas le sort qui nous est réservé ?
Dites ?
Donc,
il me semble

que puisque nous devons nous unir,
vivre ensemble, toujours ensemble !...
rien
de ce que nous savons
.   ne doit être secret.
Entre nous, nous devons... tout nous dire...
Voilà, Georges, ce que je pense ;
dites-moi si c'est mal
et si ma confidence vous déplaît.

GEORGES

Non, non, Marthe, et vous avez raison ainsi. Vous m'avez vu venir vers
la maison, et vous avez compris qu'un accident, sans doute, me ramenait
si tard ?

MARTHE

Oui, George ; et je redoute quelque malheur.

GEORGES

Non ; mais vous avez deviné fort juste, et mon départ fut tout inopiné :
une discussion d'intérêt un peu vive entre Monsieur Aubert et moi, ce
soir, motive ce départ. Nous avons convenu de briser alors et de laisser le
temps nous apaiser. Si je suis revenu, c'est pour vous seule, Marthe.
J'ai voulu vous revoir : puisqu'il faut que je parte, me suis-je dit, du
moins, avant de m'éloigner, je veux lui dire adieu ; je veux lui témoigner
combien je vais souffrir des rigueurs de l'absence...

MARTHE

Oh ! que vous êtes bon !

GEORGES

Maintenant la prudence m'oblige à vous quitter.

MARTHE

Déjà !

GEORGES

L'on peut venir.

MARTHE

Ma vie, ami,
sera faite   .
du souvenir de cet instant.

GEORGES

Adieu.

MARTHE

Non ; au revoir.
Peut-être sera-ce bientôt.

GEORGES

Oui.

MARTHE

Je vais, de ma fenêtre, vous voir partir. (Elle s'éloigne.)

GEORGES

Rentrez, Marthe.

MARTHE (Revenant.)

Ah ! mais dites-moi...

GEORGES

Encore !

MARTHE

Oh !

GEORGES

Pardon, Marthe.

MARTHE

On pardonne. Pourquoi, tantôt, en arrivant, m'avoir parlé de fuite ?

GEORGES

Je ne sais. Je croyais sentir, à ma poursuite, des ennemis ; voilà tout.

MARTHE

Georges, je vous crois.
                                                    XV

GEORGES

Et maintenant, adieu pour la dernière fois.

MARTHE

Adieu, George (Elle sort.)

GEORGES

Adieu, Marthe.

SCÈNE VII

GEORGES

Adieu, Marthe ! la sotte !... qui prie à sa fenêtre, et qui, là, me jabotte ses rêves de couvent.

> *J'ai vu son peignoir blanc*
> *flotter à la clarté de la lune ;*
> *et mon flanc a tressailli.*
> *J'ai cru que c'était ma Laurence,*
> *ma Laurence adorée !*

Induit par l'apparence, j'allais tantôt... La sotte ! Allons, remettons-nous de la chaude alerte et pensons au rendez-vous qui, seul, m'attire ici, tandis que l'astronome bée à son grand ciel bleu ! (Il sort par le fond en refermant la porte derrière lui.)

SCÈNE VIII

AUBERT (Il entre en scène un temps après la sortie de Georges.)

> *J'ai vu, dans l'ombre, un homme s'avancer...*
> *et c'est lui !...*
> *Lui, qui revient,*
> *au lieu d'oublier ce chemin et de le fuir !...*
> *O Dieu !*
> *Mais qu'est-il donc ?*
> *Qu'est-il,*
> *cet homme qui s'acharne après moi ?*

Mon bienfait,
comme un crime,
s'incarne en lui,
m'obsédant.
Eh ! qu'importe !
Il faut agir ;
il est là.
D'un moment à l'autre il va surgir devant moi.
Pour l'instant,
dans l'ombre et le silence,
comme un voleur...
comme... un... voleur !...
Ah !
ma vengeance est là ;
je la tiens ;
oui,
j'avais chassé l'amant,
je vais chasser l'amour
et c'est mieux sûrement !...
Voleur !
c'est le mépris pour lui ;
l'amour s'efface.
Ce n'est plus le baiser, c'est l'injure à la face.
Ah ! c'est cela !... c'est bien !...
Et j'aurai su ternir d'un seul et même coup,
l'homme et son souvenir.
Allons !

(Il va au balcon repousser l'échelle qui tombe ; puis va au coffre ; en bouleverse l'intérieur ; jette des papiers
à terre ainsi qu'une liasse de billets.)

Et maintenant... qu'il vienne !...
Je me garde ;
je veille sur mon bien.
Qu'il se hâte !...
Il me tarde
de traiter,
— c'est mon droit et tout en me vengeant —

le vil larron d'honneur comme un voleur d'argent.

C'est lui !... (Il sort s'effaçant devant l'arrivée de Georges.)

SCÈNE IX

GEORGES

Rien !

C'est étrange.

Et sa fenêtre est sombre.

Ne viendrait-elle pas ?

Faudra-t-il

qu'au but, sombre tout mon espoir ?

Du bruit ;

c'est elle ;

on parle ;

on vient ;

c'est lui !...

Je suis perdu. (Il court au balcon.)

Plus d'échelle,

il me tient.

Lastera m'a trahi.

Mais non ;

je bats la fièvre !

La peur me fait pousser des oreilles de lièvre !

Ecoutons mieux ;

soyons calme.

Oui ;

c'est bien la voix d'Aubert.

Mais ce n'est qu'un hasard.

Allons,

je vois qu'à la peine,

l'amour règle sa récompense.

S'il est, vraiment, un dieu pour les amants...

je pense, qu'ici,

de ma piété,

je dois cueillir le fruit.
Laissons passer l'orage... (Il ouvre la fenêtre et la referme
sur lui.)

SCÈNE X

AUBERT, LASTERA

LASTERA

Oui ; ce sera le bruit de l'échelle tombant dans la cour.

AUBERT

Oui ; peut-être. Qui va là ? Répondez !...

LASTERA (A part.)

Puissions-nous voir paraître un vrai voleur !... Du moins... (Apercevant
le coffre ouvert.) Ah ! Monsieur !... les valeurs...

AUBERT

Quoi ?

LASTERA

Le coffre !...

AUBERT

Le... Au vol !... Non, non !... aux voleurs ne donnons pas l'éveil.
Cherchons-les seuls. (Il sort, furetant.)

SCÈNE XI

LASTERA (Examinant le coffre.)

La caisse ouverte... et pas forcée ! Et pourquoi ne serait-ce pas lui ?
(Georges apparaît.) Vous ?

GEORGES

Oui ; c'est moi.

LASTERA

Malheureux !

GEORGES

Vous croyez que j'ai volé !

LASTERA (Lui montrant le coffre.)

Dame !

GEORGES

Oh !

LASTERA

Pas d'esclandre : fuyez ; fuyez d'abord.

GEORGES

Mais...

LASTERA

Quoi ?

GEORGES

Viendra-t-elle ?

LASTERA

Non.

GEORGES (Il va pour s'élancer sur Lastera.)

Traître !...

LASTERA (On entend revenir Aubert.)

Cachez-vous ! (Georges reprend son poste.)

SCÈNE XII

AUBERT, LASTERA

AUBERT

Descendons ; ils sont en bas.

LASTERA

Peut-être bien.

AUBERT (Fait passer Lastera devant lui ; puis court à la panoplie, y prend un revolver,
va à la fenêtre et l'ouvre en disant :)

Il est là.

SCÈNE XIII

AUBERT, GEORGES

GEORGES (Apparaissant.)

C'est moi.

AUBERT (Le visant.)

Je le sais. (Il tire.)

GEORGES (Tombe à la renverse.)

Ah !

SCÈNE XIV

GEORGES (Mort.) AUBERT, LASTERA (Accourant.)

LASTERA

Malheur !... c'était...

AUBERT

C'était mon droit :
j'ai frappé le voleur !...

Ah !... George !... (Souriant.)

LASTERA (A part.)

Il le savait !... (Examinant le cadavre.) Vous l'avez tué raide.

AUBERT (Mystérieux.)

Chut !... (Il s'accroupit près du cadavre de Georges.)

LASTERA

Il est fou !... Tant mieux ! A grand mal, grand remède. (Il sort en courant.)

ÉPILOGUE

XVI

ÉPILOGUE

(Même décor. Cinq mois à peu près. Il est quatre heures.)

SCÈNE PREMIÈRE

LASTERA (Seul.)

Vingt janvier !
Trente-trois ans, juste !...
qu'à pareil jour clair ;
par ce beau ciel bleu ;
par ce gai soleil ;
par la même bise ;
et,
le ventre creux,
la rage au cœur,
cherchant partout
du pain et de l'ouvrage,
je vins frapper ici.
C'était un vieux moulin.
Le meunier me toisa ;
sourit de son malin sourire,
puis, me dit :
Garçon, ferme la porte : il fait du vent.
Je la fermai de telle sorte,
que, depuis ce temps-là,
du moulin rebâti grande usine à vapeur,
je ne suis pas sorti.
Fis-je bien, ce jour-là, de rester ?
Peuh ! j'en doute.
J'ai gaspillé ma vie
en la consacrant toute à l'espoir,

chimérique et fou,
d'être un beau jour... patron.
Durant trente ans,
j'ai fait, de mon séjour, ici,
comme l'on fait
d'un stage en une étude :
conquérant, pas à pas,
sans nulle lassitude,
à toute heure de jour et de nuit,
ce terrain
dont j'espérais, plus tard,
devenir souverain.
Eh bien !
Que reste-t-il
de tous ces sacrifices de vie et de santé ?
Quels sont les bénéfices que j'ai réalisés ?
Le bilan dit :
trente ans de perdus sans profit.
Bon.
Secundo : de temps en temps,
du rhumatisme et quelques grains de sable ;
(des erreurs de calcul, paraît-il) ;
un passable catarrhe à chaque hiver ;
un œil très affaibli par le travail du soir ;
parfois, un peu d'oubli dans la mémoire ;
et pas assez d'économies
pour vivre maigrement
loin des sacs,
des trémies
et des blutoirs... surtout !
Voilà.
C'est tout l'actif.
Certes !
Depuis deux ans,
sur ce triste motif,
j'ai chanté bien souvent des romances amères !

Mais toujours
la coda *vers mes douces chimères*
me ramenait ;
toujours,
le morceau finissait en triomphe majeur.
Ce fut ma perte !
Et c'est vraiment ce qu'il y a de plus moral,
en somme,
que de voir un voleur pris à son piège.
Ah ! comme si c'était à refaire, à présent,
j'aimerais cent fois mieux me couper la main droite
(et j'aurais à cela plus de gain)
que de cette patère décrocher ce rideau.
Je crus devoir me taire :
c'est ma bonne action que j'expie aujourd'hui.
Sans doute,
sans mon jeu,
la Laurence aurait fui.

Bast ! un enlèvement, ce n'est pas une affaire !
C'est entré dans nos mœurs ;
et maint époux
préfère ce mode, bien souvent,
à tout autre ambigu.
D'ailleurs c'est le seul cas, où l'on plaigne un cocu.

Aubert en aurait pris son parti,
je l'assure,
le rôle qu'il joua le prouve ;
et la blessure d'amour
que Marthe (pauvre enfant !)
avait au cœur,
se serait doucement fermée.
A la rigueur
une absence, un voyage aurait comblé l'abîme.
Bref,
je prétends que,
pas de rideau, pas de crime ;

partant
pas de folie
et pas de cabanon pour Aubert,
durant trois mois.
Enfin, Marthe, non plus,
ne contractait pas la fièvre meurtrière,
qui, dans son voile blanc, devenu son suaire,
l'a jetée,
— il y a trois heures, à peu près, —
dans la suprême couche, aux rideaux de cyprès,
où dort, depuis cinq mois, son fiancé funèbre.
Eh! oui;
sans moi, sans ma sottise;
par l'algèbre et Barême, il me faut l'avouer,
la maison « Aubert » serait
« Aubert et Lastera ».
Raison sociale
admirable,
euphonique,
vibrante,
qui représenterait,
par an,
plus de quarante mille francs,
ainsi que l'établit le dernier inventaire.
Où sont-ils, les gages du meunier?
Quarante mille francs!...
Sept fois ce que je gagne!...
Hélas!
beau Paradis;
doux pays de Cocagne;
sainte Terre promise;
Eldorado;
bonsoir!

Et pas de testament, je le sais.
L'heureux hoir
sera quelque cousin de Bretagne.

Le même sans doute
qui vint le voir l'an dernier.
Car j'aime à penser
(par respect
pour la Vertu, le Droit, la Morale, l'Honneur,
et tout ce que l'on doit, en somme, respecter),
que l'horrible scandale
de voir aller ces biens à sa femme,
— fatale hystérique —
jamais n'éclatera.
Non, non, cela ne sera pas !...
Que dans son cabanon Aubert retourne un jour,
je n'en fais pas de doute ;
et pour moi sa raison
s'échappe goutte à goutte
comme un vin qui fermente
à travers un fausset.
Or, son fausset, à lui, c'était sa fille.
C'est pour la soigner, pour la sauver,
que sa démence
accorda ce répit de deux mois.
Mais l'immense malheur est là :
pour lui,
c'est le dernier écueil ;
il doit sombrer.
Il a, tantôt, dans le cercueil,
laissé toute sa force avec son énergie.
La folie, à présent, se plaçant en vigie,
au détour d'un chemin va se jeter sur lui.
Que deviendrais-je alors ?

Il faut donc qu'aujourd'hui même, et sans retard (ce qui me rendrait, oui, certes, cent fois plus fou que lui), j'avise et je concerte avec Arnaud, un truc, m'instituant gérant de l'usine et des biens en dépendant.

LE GARDIEN (Entrant.)

Les fiches, s'il vous plaît ?

LASTERA

Tiens.

LE GARDIEN

Bonsoir. (Il sort.)

LASTERA

Au revoir. (Seul.) Il faut qu'aujourd'hui même, on trouve, fort bien, une combinaison, un truc, pour tenter la fortune, une dernière fois ; m'instituant gérant de l'usine et des biens en dépendant. Il rend, en quelque sorte, ainsi, justice, un peu tardive pourtant, à mon égard ; cela, de plus, motive le rappel des projets d'autrefois. Pas gérant : associé..., sans doute !... et c'est, d'ailleurs, le rang...

> *Ah !... Perrette !*
> *Ton pot au lait a fait lignée ;*
> *et quand je rêve ici que l'affaire est signée,*
> *hélas ! peut-être bien qu'au bromure...*
> *Ah ! je veux bien, s'il le faut, tout perdre :*
> *et blutoir et... cheveux !...*
> *En être,*
> *pour « mon bras si dodu » ;*
> *pour « ma jambe bien faite » ;*
> *et pour « mon temps perdu » ;*
> *soit !...*
> *Mais, où flambe mon indignation,*
> *c'est contre le destin qui mettrait mon blutoir*
> *aux mains d'une... catin...*

La voilà.

SCÈNE II

LASTERA, LAURENCE

LAURENCE

Lastera, mon mari ?

LASTERA

Pas encore rentré, madame.

LAURENCE

J'ai peur d'un malheur.

LASTERA (A part.)

Pécore !

LAURENCE

Où l'avez-vous laissé ?

LASTERA

Le docteur en partant, hier, lui donna rendez-vous.

LAURENCE

Je n'ai plus autant d'inquiétude, alors ; ils sont sans doute ensemble.

LASTERA (Grommelant.)

Possible !

LAURENCE

Encor.

LASTERA

Quoi donc ?

LAURENCE

Finissons. Il me semble que c'est l'occasion ou jamais, de jeter bas les masques. Personne, ici, pour écouter ce dialogue intime.

> *Allons !*
> *Ouvrez la bonde à votre haine !*
> *Allez, dites :*
> *qu'on vous réponde.*
> *C'est bien le moins qu'on sache, enfin,*
> *quel est le vrai motif*
> *de l'air,*
> *semi-moqueur, semi-navré,*
> *que depuis si longtemps vous suggère ma vue.*

LASTERA

Hélas ! j'ai fait, madame, un jour, une bévue... Oh ! je n'ai pas, ici, la sotte fatuité de n'en jamais avoir fait qu'une... J'ai tenté, ce jour-là, le Tour du Monde ; et, pour ce voyage, je m'étais embarqué... sans biscuits. Bien plus sage, aujourd'hui, je prétends ne jamais hasarder l'avatar... J'ai pourtant des biscuits...

XVII

LAURENCE

A céder ?

LASTERA

Peut-être !

LAURENCE

Du chantage !

LASTERA

Epargnez-vous la peine de m'insulter.

LAURENCE

D'ailleurs, que me fait votre haine !... Que m'importent, après tout, vos preuves, à moi !... Votre menace est vaine et sotte !...

LASTERA

Alors, pourquoi vouliez-vous donc, tantôt, profitant du silence d'un jour de deuil...

LAURENCE

Voilà le mot. La violence de mon apostrophe est, je le crois, en rapport avec la gravité du moment. Cette mort est pour Monsieur Aubert, comme un coup de massue, et l'on n'en peut prévoir qu'une fatale issue à bref délai. L'heure est donc solennelle. Or, vous avez contre moi...

LASTERA

Non, je vous arrête.

Nous ne sympathisions pas,
soit ;
mais votre personne ne m'était,
croyez-le,
ni mauvaise ni bonne.

Je n'aime pas la femme...
et les femmes bien moins encor.
Pour moi,
cela ne compte pas.
Leurs soins,
leurs charmes

et l'attrait de leur divin commerce
compensent mal l'instinct perfide et faux
qui perce constamment dans tous leurs actes...
Mais coupons court,
car, ce n'est certes pas pour discourir d'amour
que nous avons ouvert ce conciliabule.
Donc, bast !
car, vous savez, sans plus de préambule,
en quelle sainte horreur je vous eus
quand je vis par vos plans amoureux mes projets desservis.

Je n'insisterai pas :
vous savez le funeste dénoûment qu'il advint !...

LAURENCE

Oui ; passez.

LASTERA

Il me reste à vous dire
pourquoi je vous en veux toujours.
J'avais bien cru comprendre,
au temps de vos amours,
votre tempérament et votre caractère :
je vous aurais donné pour patrie
ou Cythère ou Rome ;
dénommant votre état général
d'un nom scientifique
autant que peu moral :
les nerfs !
Tout était là !...
Quand on a dit névrose, on a tout expliqué...
sans expliquer grand'chose.
Bref !
en partant de là,
le caractère allait à l'avenant :
mobile, inégal et... follet !...
Incapable d'avoir pour deux sous de conduite
et pour un, seulement, de jugeotte.

La suite me donna sur les doigts :
du jour au lendemain vous avez fait peau neuve ;
et le nom très romain,
que m'avait suggéré votre érecte narine,
je dus le compléter :
vous étiez Catherine !...

LAURENCE (Entendant du bruit, va au balcon.)

Ah !

LASTERA

Les voilà ?

LAURENCE

Non ; c'est Colas qui va changer la litière aux chevaux.

LASTERA

... D'autres ont pu juger le parallèle
au point de vue... épisodique ;
moi,
je fus atterré de l'esprit méthodique,
que, depuis ce jour-là, vous montrâtes.
Depuis ;
depuis cinq mois,
vos jours, et bien souvent vos nuits
sont au travail.
Parfois, j'entends,
quand tout le monde dort,
le clic-clac de vos mules :
c'est quelque ronde
que vous faites, alors,
pour surprendre un gardien dormant sur les vieux sacs...
ou fumant.
Ah ! c'est bien !
Et c'est... même...
trop bien.
Car, c'est juste,

ce zèle, cette ardeur, ce coup d'œil, tout ce soin,
qui décèle,
dans un coffre robuste un esprit très viril,
qui me dit, que, pour moi, vous êtes le péril.
Que n'êtes-vous restée, hélas !
l'être frivole d'antan...
ne songeant à rien... qu'à la... faribole !
Nous n'en serions pas là.
Mais c'est, sans contredit, par la faute d'Aubert !...
Quand on a du crédit,
une femme charmante,
et la plus belle usine du département,
on fait grand
et sans lésine !...
On installe madame à Paris ;
chaque hiver,
dans un charmant hôtel.
Qu'on la voie au concert ;
au sermon à la mode ;
à la pièce nouvelle ;
aux assises ;
au lac.
Mais qu'elle se révèle partout,
pleine de chic,
montrant bien
— c'est l'urgent —
que le mari, là-bas, gagne beaucoup d'argent.
Mais ce mari, Monsieur ?
on jasera !...
Qu'importe !...
Car ne vaut-il pas mieux cent fois,
que, s'il en porte,
elles soient tout en or et couvertes de fleurs,
que d'avoir
— dans ce cas j'en connais des meilleurs —
des cornes simplement couvertes de farine ?...

Donc, au lieu d'être, au loin,
quelque illustre Corinne
rimant, peignant, sculptant, flirtant, tenant salon,
vous m'avez fait sentir, ici, votre talon.
C'est pour cela que je vous hais ;
que je vous traque ;
me cramponnant à tout, jusqu'à ce que tout craque,
écrasant,
Vous et Moi : cela peut être !
Vous ou Moi : c'est certain. (Une prise qu'il garde entre
ses doigts.)

LAURENCE

Bien.
Vous pensez donc
que nous devons,
ici,
traiter de puissance à puissance ?
et que, peut-être, aussi,
vous avez préséance sur moi,
l'Epouse...
vous,
l'Etranger !

LASTERA (Il rejette la prise.)

Etranger ! moi !
Sang-Dieu !
c'est vouloir follement
s'engager dans un bien mauvais pas
que de lâcher pareilles injures ! (Il va à son bureau, l'ouvre
Etranger !   et tire un papier.)
Ah ! tenez ! vos oreilles, madame,
tinteront
à quelques vérités que je vais leur servir...
et que vous méritez d'entendre.
Savez-vous lire ? (Lui dépliant une lettre.)
Et cette écriture

n'évoque-t-elle pas la tragique aventure
dont vous fûtes, ici, l'héroïne ?

LAURENCE

Moi ?

LASTERA

Vous !... Ecoutez : Mercredi trois septembre.

Mon doux et cher ange aimé,
Ton mari sait tout. Je quitte le pays pour toujours. L'heure a sonné.
N'hésite pas. Je viendrai, ce soir, invoquer ton serment, Laurence ; ou
me tuer à tes pieds.

Ton amant, George.

LAURENCE

Il s'est tué !

LASTERA (Il replace l'écrit et ferme son bureau.)

Non pas.

Mais pourtant la fête, tout de même, échoua.
Vous savez que l'enquête établit,
par les faits et par mon propre aveu,
que moi-même
j'étais le meurtrier.
Morbleu ! ce fut dur ;
mais, devant monsieur le Commissaire
je parvins à rester le seul bouc émissaire.
Sans doute,
monsieur George, au moment de partir,
constatant
qu'il avait omis de se nantir de papiers importants
pour terminer l'affaire qu'il allait entamer,
avait alors dû faire la route
de la gare, ici,
pédestrement.
Puis, voyant tout fermé ;
tout le monde dormant ;
pensant qu'il trouverait les papiers sans encombre,
avait escaladé par le verger.

Dans l'ombre j'avais vu se glisser un intrus ;
j'avertis le patron,
et, tous deux, bien armés et blottis dans un coin,
nous voyons,
là, tout à coup,
paraître notre homme...
Fût-ce, alors, la peur, ou bien, peut-être,
un faux mouvement ?...
Mais,
mon pistolet partit,
foudroyant, en plein front, l'homme,
qui s'abattit.
Epouvanté, saisi d'horreur,
je crie : à l'aide !
Je m'élance, enjambant le corps,
tombé tout raide en travers de la porte.
A mes cris,
on répond qu'on accourt à l'instant ;
moi, je reviens d'un bond avec de la lumière,
et là, près du cadavre,
— qu'alors je reconnais —
— ô spectacle qui navre encore plus mon cœur que le meurtre ! —
je vois monsieur Aubert,
penché, disant à demi-voix,
comme lorsque l'on parle à l'enfant que l'on berce :
« Georges,
ne crains plus rien de la fortune adverse ;
je t'ai payé ma dette
et ton père est content. »
Il était fou.
Le mal venu dans un instant dura trois mois.
Voilà.
L'enquête fut conduite assez habilement ;
mais aucune poursuite ne s'en suivit :
j'avais réponse à tout d'abord ;
puis chacun me plaignait presque autant que le mort.

LAURENCE

Mais la lettre ?

LASTERA

J'y viens.

Or, c'est là, la légende ;
ce que chacun sait :
Soit : et le juge...
et... la bande des commères
et... vous-même.
Mais, ce n'est pas l'histoire vraie,
et que je vous dirai tout bas ;
que vous seule saurez
afin de reconnaître, qu'ici,
votre Étranger
est plus fort que le maître,
et qu'il tient, dans sa main, tous vos fils,
ô pantins !...
Vous allez voir de quoi découlent nos destins :
si vous ne vous étiez pas attardés dans l'ombre,
ce fameux soir du trois,
sans doute, sans encombre,
Aubert serait rentré par cette porte ;
et vous,
vous n'auriez pas cessé de vous aimer en fous,
toutes voiles dehors,
sans scrupule et sans crainte.
Mais vous étiez encor dans une douce étreinte ;
faisant chanter dans l'air vos soupirs, vos baisers,
et murmurant des mots,
j'en conviens...
très osés...

LAURENCE

Epargnez-moi...

LASTERA

J'étais là, vrai... mais, je m'empresse de vous tranquilliser :
j'entendais votre ivresse et... ne la voyais pas.

LAURENCE

Oh ! de grâce !...
                                                    XVIII

LASTERA

Eh bien!... soit.

Aubert rentre par là ;
vous entend...
puis vous voit...
Il avait son fusil :
Il l'abaisse... vous vise... l'arme...
Mais, tout à coup,
fraîche comme la brise qui l'apporte,
la voix de Marthe, dans la nuit, s'élève.
Aubert s'arrête...
et chacun de vous fuit
sans savoir que ce chant a conjuré la foudre.
(Il prend une prise.) *Le dîner fut des plus gais ;*
à chanter, résoudre des devinettes
on passa gaîment le temps.
Le champagne arrosa même les assistants.
Puis, on quitta la table ;
et pour causer affaire on vint dans cette pièce.
Ici, je m'en réfère à la sagacité de votre jugement.
On m'avait éloigné très naturellement...
Mais un moment après,
monsieur Aubert m'appelle.
J'arrive :
« Georges part, » me dit-il.
La nouvelle me surprit pour la forme.
« Il part — c'est très urgent — à l'instant ;
donnez-lui, Lastera, de l'argent, cinq cents francs. »
Aubert sort. Monsieur Georges m'implore
pour lui prêter moi-même une somme.
Il colore son emprunt de beaucoup de tendres sentiments.
Je refuse.
Il prétend qu'on doit, pour les amants, être bon.
Les amants ! Quels amants ?
Il m'avoue, enfin,
que dans ce cas vous le suivrez.
Sa joue était très calme et fraîche en me disant cela.
Je feignis de douter :

alors, il étala la page devant moi ;
puis, me tendant la lettre,
m'adjura de la prendre et de vous la remettre.
Je vous laisse à penser si j'allais accepter,
lorsque Marthe survint,
l'obligeant à quitter ce sujet irritant
peu dans son caractère.
Il part ;
non sans avoir posé, sur sa patère,
comme distraitement, ce rideau.

Sur cette patère, George avait posé ce rideau. Par caractère, je suis taquinant ; c'est mon défaut...

Je compris... et je le décrochai ;
vous entrâtes ;
je vis votre inquiet regard interroger l'étoffe.
Puis le calme se fit...
Et, pour la catastrophe, j'avais tout préparé pensant tout déranger.
(Une prise.) *... Une heure après,*
un homme entrait par le verger ;
posait contre l'appui du balcon, une échelle ;
entrait à pas de loup,
non, pour chercher sa belle,
mais, d'abord,
pour forcer ce coffre...

LAURENCE

Taisez-vous !

LASTERA

Je ne me tairai pas !

LAURENCE

Vous mentez !...

LASTERA

J'ai vu tous les papiers épars, les sacs éventrés...

LAURENCE

Mensonge !... mensonge, je vous dis.

LASTERA

Enfin cet homme songe à s'enfuir...
avec vous... ou sans vous... on ne sait.
Soudain, du bruit l'émeut :
il se cache ;
car c'est le maître du logis qui survient.
Et ce maître,
c'est le mari trompé !
c'est le père ; c'est l'être doux et bon qui l'aimait !
c'est l'homme, enfin,
qu'il va voler...

LAURENCE

Alors...

LASTERA

Alors...
soudain, Aubert trouva,
là, debout, devant lui,
l'homme trois fois coupable,
et le visant au front,
tranquille,
imperturbable,
il le tua,
disant :
je frappe le voleur !...

LAURENCE

Ah ! c'est horrible !...

LASTERA

C'est la vérité !

LAURENCE

Malheur !... Malheur !...

LASTERA

Malheur par vous ; oui, c'est bien vrai !...
Le drame ne serait pas, sans vous.

Vous en fîtes la trame en un jour de folie ;
et depuis,
constamment,
vous répétiez la scène au fatal dénoûment,
jouant avec du feu sur des barils de poudre.
Et vous vous indignez !
Vous maudissez la foudre que l'infâme adultère attirait chaque jour !
Ah ! votre châtiment est tout prêt !
Votre tour d'expier est venu,
car la chance se lasse...
S'il est, vraiment,
quelqu'un qui n'est pas à sa place ;
que la loi, la justice et l'honneur ont remords
de n'avoir pas, plus tôt, d'ici, jeté dehors ;

Si, par l'ancienneté, le travail et le zèle,
comme par la valeur du cerveau
qui recèle tous les dons
qui font grands et vainqueurs les adroits,
il est finalement de légitimes droits :

Au nom de mes vertus comme de mon génie,
je puis,
parodiant le mot de tragédie,
vous dire,
en vous chassant :
moi seul... et c'est assez !...

LAURENCE

En me chassant ?

LASTERA

Oui, oui.

LAURENCE

C'est vous... qui me chassez... d'ici ?...

LASTERA

Je le répète.

LAURENCE

Ah ! vraiment ?...
La folie aussi vous a frappé.
Mais cela seul pallie
et le langage absurde et l'insolente humeur.
Vous pensez que je suis matée !
A la rumeur publique
vous voulez me jeter en pâture ?
Innocent !
O naïf !... O niais !...
Créature méchante
moins encor que bornée !
Il n'est pas suffisant
pour punir et jeter à bas
d'avoir vengeance au cœur et venin à la bouche !
Vous venez de brûler la dernière cartouche !
Væ Victis !
Grand merci, Monsieur,
de m'avoir dit,
que mon mari sait tout :
c'est ce qui m'enhardit
et loin de m'atterrer
me rassure et préserve !
Mon crime supposé
met votre esprit en verve,
quand cela vous devrait coller la langue aux dents !
Enfin !
pour vous,
les faits paraissent évidents,
n'est-ce pas ?
C'est bien.
Et maintenant, je vous jure,
que vous avalerez — et sous peu — votre injure.
Et puisque vous parliez, tantôt,
de gens adroits,

je saurai — vous verrez — faire valoir mes droits...
Le voici.

LASTERA (A part.)

Ses droits !... Mais quels droits !... mon jeu se gâte.

SCÈNE III

LAURENCE, LASTERA, AUBERT, Le Docteur GONTARD

AUBERT

Lastera !... Laurence !... Ah! vous voilà !... J'avais hâte de vous revoir...
ce cher docteur Gontard ne m'a pas quitté...

LE DOCTEUR

Madame.

LAURENCE

Oh ! merci des bons soins...

LE DOCTEUR

Ma bonne amitié, Madame, est seule ici, la cause de ma présence.

AUBERT

Oui ; c'est l'ami...

LE DOCTEUR

Pas autre chose.

AUBERT

... qui m'a prêté son aide et son bras. Nous venons de chez Maître
Arnaud.

LASTERA (A part.)

Hem ! Maître Arnaud !

AUBERT

Et vos noms ont été bien souvent cités chez le notaire. Ne devinez-vous
pas, Laurence ?

LASTERA (A part.)

Quel mystère est-ce cela ?

LAURENCE

Je ne sais...

AUBERT

Et vous, Lastera ?

LASTERA

Moi !

AUBERT

De vous aussi, l'on a beaucoup parlé. La loi ne vous permettait pas d'être témoin.

LE DOCTEUR

Chapitre cinq. Article neuf cent soixante et quinze.

LASTERA (Regardant Laurence.)

A titre d'Etranger... c'est certain.

AUBERT

A titre d'héritier !

LASTERA ET LAURENCE (A mi-voix.)

D'héritier !...

AUBERT

Oui... (A lui-même. A mi-voix.)

J'aurais dû descendre en entier
dans la fosse béante et dans la nuit profonde
où j'ai laissé mon âme.
Elle était mon seul monde ;
mon suprême zénith ; mon unique horizon.
C'est pour elle
que j'ai fait forte la maison,
pure la renommée
et grande la fortune.
Hélas !

(Parlant à Laurence.) *L'héritage est dévié !...*
Mais, c'est une joie, encore,
au milieu d'un désastre si grand,
que de le faire échoir,
non,
à quelque parent, véritable étranger,
auquel ne nous allie à peine quelquefois
qu'une goutte ravie au sang familial,
sans nulle affection ;
mais,
à celle qui fut
l'objet d'élection de notre âme charmée ;
à l'épouse fidèle
et sans reproche...

LAURENCE (A part.)

Oh ! Dieu !

AUBERT

... compagne douce et belle
qui nous rendit moins durs et moins noirs certains jours.

LASTERA (A part.)

Il est redevenu fou !

AUBERT (A Lastera.)

Puis, à vous ;
toujours probe et toujours exact ;
serviteur, que mon frère accueillit un jour,
et qui,
sans but téméraire et sans jaloux projet,
durant plus de trente ans
vous hissant, peu à peu, par des efforts constants,
du métier le plus humble à l'emploi le plus digne,
avez tant mérité la part qu'on vous assigne.
A la femme, à l'ami ;
pour la vie ;
après moi,

XIX

j'ai légué tous mes biens ;
et, par devant la loi, j'égalisai vos parts.
Mais,
j'ai mis une clause commune à tous les deux.
Vous saurez,
je suppose,
respecter, à jamais, ce pieux indivis :
c'est que vous ne pourrez pas quitter ce pays,
berceau de ma famille
et de votre fortune,
et tombeau de nous tous ;
afin qu'une commune pierre
recouvre, un jour,
ceux qui se sont aimés.

LAURENCE (A part.)

Horreur !

AUBERT

Vous garderez aussi
les nœuds formés par la religion,
que vous aimez,
Laurence ;
vous garderez mon nom.
Donnez-moi l'assurance que vous conserverez intact
mon souvenir.

LAURENCE

... Je vous jure !!!...

AUBERT

C'est bien.
Parfois
croyant unir, on divise et l'on rompt.
Mais, j'ai bien fait, j'espère ?

LAURENCE

Oui, vous avez bien fait.

LASTERA (A part.)

O parodie amère de mes droits les plus saints !...

Allons ! enterrons-les avec des fleurs ; prenons au sérieux mon legs indivis avec elle !... (Haut.) Oh ! mais, je suis, par l'âge. placé bien avant vous, pour faire le voyage en question, Monsieur.

AUBERT

Vous croyez ?...
Après tout !...
Qu'importe le moment et qu'importe le coup !
Le secret des heureux
c'est d'être prêt à l'heure.
Mes amis,
je suis prêt.
Et que demain je meure,
la mort ne m'aura pas pris inopinément.

LE DOCTEUR

Mon cher, vous ne mourrez jamais subitement ; c'est moi qui vous le dis... à moins...

AUBERT (Souriant.)

« A moins » est sage,
et doit accompagner prudemment tout présage.
Est fait ce qui devait être fait !

Ah ! venez un instant avec moi, vous, Lastera ; donnez quelques conseils à ma femme, docteur.

LASTERA (Bas.)

Je veille sur lui ; ne craignez rien.

LE DOCTEUR

A bientôt.

AUBERT

Oui.

SCÈNE IV

LAURENCE, LE DOCTEUR

LAURENCE

La veille et la douleur, sans doute, ont encore affaibli son cerveau, n'est-ce pas ? Si, du moins, par l'oubli de la réalité, son mal mettait lui-même un baume sur la plaie !

LE DOCTEUR

Oh ! nous n'en serons, j'aime à le croire, jamais là. D'ailleurs, vous avez bien entendu ?

LAURENCE

Comment ! il a fait...

LE DOCTEUR

Achevez.

LAURENCE

Son testament ?

LE DOCTEUR

Oui.

LAURENCE

Comme il l'a dit ?

LE DOCTEUR

C'est l'exacte vérité.

LAURENCE

Je comprends. C'est bien, docteur : c'est l'acte d'un fou dont vous avez flatté le caprice, ou...

LE DOCTEUR

Vous vous trompez, madame ; Aubert n'est pas un fou.

LAURENCE

Mais il le fut.

LE DOCTEUR

Non pas.

LAURENCE

Comment !

LE DOCTEUR

C'est entreprendre une discussion bien aride...

LAURENCE

A l'entendre, jamais pourtant, docteur, à ce qu'il me paraît, et dans le cas présent surtout, un intérêt bien grand...

LE DOCTEUR

Sans doute ! Aussi pourrait-il vous suffire de savoir qu'en l'état de la question, dire qu'Aubert fut fou, serait s'engager beaucoup trop : il fut un délirant.

LAURENCE

Eh ! qu'importe le mot !

LE DOCTEUR

Il importe vraiment ; car le mot c'est la chose, en science. Un vrai fou l'est toujours ; et la cause de sa folie existe en lui dans la plupart des cas. Mais quel qu'il soit, à son point de départ, ce principe morbide est inhérent à l'Etre ; on le soulagera, le calmera, peut-être bien, mais jamais, jamais, un fou ne guérira ; le fou ne peut plaider, tester... et cætera. Mais quant au délirant, une cause étrangère : le chagrin, l'alcool, pour un temps, lui suggère un état anormal, dont nos soins ont raison souvent, car pour lui seul, il y a guérison.

LAURENCE

Guéri ! ce testament est la preuve éclatante de sa folie !

LE DOCTEUR

En quoi ?

LAURENCE

Comment ?

Mais il attente
aux droits les plus sacrés,
aux devoirs les plus chers ;

il les insulte même !
Eh ! quoi !
Nous faire pairs !
Cet étranger... cet homme...
et moi !...
moi,
moi, sa femme !...

LE DOCTEUR

Calmez-vous, je vous prie.

LAURENCE

Eh ! qu'importe !

LE DOCTEUR

Madame !... au moins, plus bas.

LAURENCE

C'est bien. Il n'est pas fou ; soit ! Donc, il nous laisse, a-t-il dit, part égale ?...

LE DOCTEUR

Oui.

LAURENCE

Ce don est au dernier vivant, sans doute ?

LE DOCTEUR

A la commune du Pontet, il revient après vous deux. C'est une jouissance simple : en somme c'est l'usufruit et l'usage des biens qu'il vous laisse.

LAURENCE

Il s'ensuit que si je sors d'ici, par la gendarmerie, on m'y ramène ; et que si je me remarie, ma part, toute ma part, revient à Lastera, d'abord ; à la commune, en fin.

LE DOCTEUR

C'est bien cela ; gendarmerie à part.

LAURENCE

Chaque cas a sa clause, à ce que je vois ; mais, sur une seule chose, il
n'a rien été dit. Or, cela jette à bas l'indivis, l'usufruit, la défense, et le cas,
même, le cas prévu de mon remariage :

Indivis !
Usufruit !
Défenses !
Gribouillage sans but ;
papier sali pour rien ;
déchirez tout ;
brûlez tout ;
tout est nul ;
plus rien ne tient debout
devant le fait sacré,
devant la chose sainte qui prime tous les droits,
docteur :
je suis enceinte !

LE DOCTEUR

Vous êtes... Mais, Aubert ne le sait donc pas ?

LAURENCE

Non.
J'ai conçu
quelques jours avant qu'un cabanon abritât sa démence ;
et, depuis,
je n'ai guère trouvé l'occasion de dire :
je suis mère.

Vous voyez donc, docteur...

LE DOCTEUR

Oh ! naturellement ; s'il survient un enfant, il n'est pas testament qui
tienne contre lui. Mais, l'enfant est à naître ; et c'est bien peu de chose.
Il ne serait, peut-être, pas prudent de garder plus longtemps le secret,

madame ; vous pourriez en avoir un regret éternel quelque jour. Hâtez-vous donc. C'est sage de ne pas escompter sa moisson.

LAURENCE

Le présage est pessimiste.

LE DOCTEUR

Oui ; mais c'est un peu mon devoir, dans ce cas.

LAURENCE

Qu'est-ce donc ?

LE DOCTEUR

Si j'avais pu savoir plus tôt ; par mes conseils, avec plus d'assurance, aujourd'hui, vous pourriez avoir cette espérance.

LAURENCE

Vous craignez...

LE DOCTEUR

Pour l'enfant : oui. Votre corps est sain ; votre sang est très pur ; mais, hélas ! votre sein a conçu par erreur ; et quand je vous regarde, je ne puis m'empêcher de dire : prenez garde ! fragile est le fardeau, si le porteur est fort.

LAURENCE

Merci, docteur ; je vais agir.

LE DOCTEUR

Mais tout d'abord, gardez-vous, avec soin, de toute violente émotion, madame.

LAURENCE

Oui ; je serai prudente ; tout le veut : mon amour pour l'être menacé ; le respect de mes droits (A part.) et surtout, l'insensé, l'impérieux désir de certaine vengeance. (Haut.) Les voici. Pas un mot, docteur.

LE DOCTEUR

La confidence fut faite au médecin ; cela suffit.

SCÈNE V

Les Mêmes, AUBERT, LASTERA

AUBERT

Gontard ?

LE DOCTEUR

Ami ?

AUBERT

Les jours sont courts ; il ne faut pas trop tard rentrer chez vous. Vos soins sont réclamés par d'autres ; et j'ai déjà bien trop...

LE DOCTEUR

A vous, et pour les vôtres je suis tout dévoué, vous le savez, ami.

AUBERT

Oui, certes, je le sais. Aussi, n'ai-je gémi que sur le sort cruel, stupide, inexorable ! Votre profond savoir, votre zèle admirable auraient fait un miracle, hélas ! s'il en était.

LE DOCTEUR

Du courage.

AUBERT

Oui.

LE DOCTEUR

Madame...

LAURENCE

A bientôt, s'il vous plait, docteur.

LE DOCTEUR

Oui ; je viendrai demain, dans la journée... Cher Monsieur...

LASTERA

Mais, docteur, en faisant ma tournée habituelle du soir, je vous reconduis.

LE DOCTEUR

Volontiers.

xx

AUBERT ET LAURENCE

Au revoir.

LE DOCTEUR

Au revoir. *(Le docteur et Lastera sortent.)*

SCÈNE VI

AUBERT, LAURENCE

(Aubert se place dans son fauteuil, à gauche, les bras sur le bureau, le front dans les mains; Laurence, à l'avant-scène de droite. Elle est debout jusqu'aux mots : avec orgueil.)

LAURENCE *(A elle-même.)*

Si mes nuits,
tranquilles autrefois,
sont, depuis lors, sans somme ;
si mes jours
sont fiévreux et mornes ;
si cet homme dit vrai,
quand il dit que j'aspire à des labeurs grossiers ;
moi, qui, naguère,
à de molles torpeurs
abandonnais mon âme et mon corps pleins de rêves...
ce n'est pas, que,
depuis,
les heures soient plus brèves ;
ou que l'ambition m'ait fait un cœur transi :
c'est qu'en l'esprit,
j'avais un monstrueux souci,
fatale obsession
qui me hante et m'opprime !
Et je songeais :
mes flancs diront bientôt mon crime.
Et, voyant,
devant moi,
le scandale béant,
j'espérais

qu'un hasard renverrait au néant,
d'où l'amour l'arracha,
l'ébauche encor chétive qui palpitait en moi.
Mais, folle tentative !
Loin de faciliter l'heureux avortement,
mes criminels efforts feraient mon châtiment ?
Mon châtiment, non pas.
Mais ma force !
Oui ;
cet être,
que mon cœur haïssait
même avant de connaître sous quel nom sexuel je le pouvais haïr,
puisse-t-il voir le jour et ne pas me trahir !
C'est mon suprême enjeu ;
mon espérance unique ;
lui seul,
me défendra contre un projet inique.
Ah ! je t'aime, à présent !
tu vivras,
tu vivras !
Je suis mère, après tout !
Je suis mère :
mes bras te porteront, un jour, avec orgueil... (Un temps.)

Cet homme m'a bien dit : il sait tout.
Mais que peut-il, en somme, savoir ?
Et que peut-il me reprocher, vraiment ?
Georges me rechercha :
mais fut-il mon amant ?
Et de ce que j'ai cru devoir
plutôt me taire que de le dénoncer,
s'ensuit-il l'adultère ?
Où nous a-t-il surpris ?
Ici !
Puis, cette fois, fûmes-nous criminels ?
Non.
Ce soir-là,

nos voix qui chuchotaient tout bas,
n'ont porté
qu'un murmure confus à son oreille ;
et rien,
j'en suis bien sûre,
n'établit le délit de ma complicité.
S'il a vengé, vraiment, son honneur insulté ;
c'est qu'il vit un coupable et le frappa...
Par contre,
n'ayant aucun reproche à me faire,
il se montre, depuis,
affectueux et doux.
Ce résultat logique
prouve bien,
que s'il sut l'attentat, il ignore le crime.
(Un temps.)
Eh ! non !
On ne me forge là qu'un roman stupide !
Aubert, assassin !
George, crocheteur de serrure !
Ah ! mon effarement seul
m'empêcha de voir combien cet homme ment.
J'ai failli me laisser prendre à l'absurde piège.

(Puis, soudain.) Quel piège !...

(Effrayée sur le ton dont elle a prononcé ces mots, elle se retourne vers
Aubert — mais Aubert n'a rien vu ni entendu — et elle reprend le
fil de ses pensées et dit :)

L'écrit de George est faux !...
Et, peut-être,
devrais-je récuser le hasard
qui fit partir le coup mortel...
Traître, faussaire et meurtrier !...
Oui, tout l'accuse ;
et c'est lui,
par intérêt manifeste,
qui fit le guet-apens,
et l'écrit,
et... le reste !...

J'ai donc triple devoir :
déjouer l'assassin ;
venger l'être pleuré qui renaît en mon sein ;
et garder à l'enfant
le nom et la fortune. (Elle reste pensive.)

AUBERT (A lui-même.)

Sans rancœur, ni regret ;
sans chagrin ni rancune ;
sans colère ;
oubliant simplement le passé,
je poursuis mon chemin vers le but caressé :
le suicide
ce soir...
Nul ne saura la ruse vengeresse.
L'erreur fut admise et l'excuse suivit...
Pour moi,
qu'eût pu trahir mon air hagard,
j'ai su mordre ma langue et voiler mon regard :
nul ne sait mon secret !... (Il reste pensif.)

LAURENCE (A elle-même.)

Tous, ignorent ma faute ;
moi seule la connais.
Je vais donc, tête haute,
lui faire,
à lui,
l'époux,
avec sérénité,
le triomphant aveu de sa paternité. (Haut, s'avançant vers Aubert.)
Nous voilà seuls, Aubert ;
laissez-moi, je vous prie,
avec toute mon âme et sans flagornerie,
— au moins, vous le savez —
vous dire un grand merci.
Non, pour le don lui-même, ami,

car en ceci, nos calculs sont souvent faits par l'erreur humaine !

(Aubert se lève.)

L'âge n'étant qu'un point dont Dieu tient compte à peine.

C'est de l'intention que mon cœur est touché...
Cela seul m'est sensible ;
et vous n'avez cherché qu'à parfaire votre œuvre
envers moi si prodigue déjà.
C'est peu, pour vous,
au mépris de l'intrigue de vos parents,
alors acharnés après moi,
de m'avoir épousée...

AUBERT

Eh ! pourquoi donc ?
Pourquoi devais-je, dites-moi,
mépriser l'alliance de celle en qui j'avais si grande confiance,
qu'entre ses mains, déjà,
j'avais mis le plus cher de moi-même,
la pure essence de ma chair,
l'âme de Marthe.
Où donc est la chose incorrecte de voir l'institutrice unie à l'architecte !
L'intimité qui naît d'un commerce fréquent
est toute naturelle,
et n'a rien de choquant.
Puis, j'avais des raisons
que mon frère, lui-même, finit par approuver,
et son regard suprême s'éteignit sur nous deux...
en nous bénissant.

LAURENCE

C'est de ce projet que mon cœur est touché.
Vous fûtes bon, mon époux !...
Et, c'est à deux genoux, en vous baisant les mains,
que je vous rendrais grâces de ces six ans passés
— où le bonheur s'enchâsse comme une rare gemme en un cercle d'or pur —
si j'étais seule en cause ;
et, si,
pour un futur intérêt plus sacré,

devant lequel s'arrête tout projet personnel,
je n'étais inquiète.

AUBERT

Que voulez-vous dire ?

LAURENCE

Oh! vous me comprendrez bien! quelque grande que soit la douleur, un lien vous rattache à la vie... un nouveau but...

AUBERT

Laurence, expliquez-vous ?...

LAURENCE

Aux pleurs succède l'espérance; et l'enfant, qu'avant-hier la mort vous enleva... le ciel bon... le ciel juste...

AUBERT

Allez donc !...

LAURENCE

... Le ciel va vous le rendre...

AUBERT

Achevez...

LAURENCE

Je suis mère !...

AUBERT

Ah !... la goule !...

LAURENCE

Aubert !...

AUBERT

Oh! pas un mot !...

LAURENCE

Calmez-vous.

AUBERT

Folle ou soûle... Qu'êtes-vous pour oser dire cela ?...

LAURENCE

Je vous jure...

AUBERT

Assez, vous dis-je.

LAURENCE

Eh ! non ; car votre courroux est sans cause... et je veux...

AUBERT

Quoi ? donner à ma rage quelque raison de plus ?...

LAURENCE

Non. Mais, à cet outrage immérité, j'entends donner un démenti formel...

AUBERT

Un démenti ! comment ? lequel ? à qui ?

LAURENCE

Lastera...

AUBERT (Atterré.)

Lastera !... vous a dit... quelque chose ?...

LAURENCE

Lastera m'a tout dit.

AUBERT

Qu'a-t-il pu dire ?...

LAURENCE

Il ose prétendre que le jour qu'arriva le malheur, c'est vous qui, sachant bien quel était le voleur, avez assassiné Georges par jalousie...

AUBERT

Assez !... Assez !... Assez !...
(Un temps ; puis accablé.) *Le secret de ma vie est connu !*
C'est donc en vain,
que j'engageai la lutte pour l'honneur !
Et, c'est
pour en venir là,
que j'ai frappé le fils de mon ami ;

qu'au même instant
sa vie et ma raison fuyaient ;
que, blême,
j'ai hurlé trois grands mois sous la douche ;
et qu'un coup,
bien plus terrible encor,
quand je ne fus plus fou,
m'attendait au chevet de ma fille !...
Elle est morte !
Et, depuis ce matin, c'est son deuil que je porte. (Un petit temps.)
Et tout cela, pourquoi ?
Parce que j'ai tenté de cacher l'infamie ;
et que j'avais compté
sans votre front cynique et vos instincts immondes...
Silence !...
Ce n'est pas pour que tu me répondes que je te parle,
femme !...

LAURENCE

Et moi, je ne veux pas que l'on m'insulte !

AUBERT

Vraiment !
Mais, est-ce que tu m'as consulté, pour l'outrage ?

LAURENCE

Aubert, c'est calomnie !... Georges me rechercha, c'est vrai !... Mais,
moi, je nie avoir un seul instant oublié mon devoir.

Croyez-moi ;
croyez-moi :
car vous n'avez pu voir qu'un illusoire effet,
qu'une ombre ridicule due à vos sens troublés
autant qu'au crépuscule.
Et je puis, s'il le faut, jurer...

AUBERT

Que je voudrais pouvoir vous croire !...

XXI

LAURENCE

Eh bien, croyez–moi.

AUBERT

J'absoudrais avec tant de bonheur l'aveu d'une imprudence !...

LAURENCE

Justement !... Vous croirez à cette confidence que je crus sage, alors, de ne point faire... mais que les événements nécessitent... Je vais tout vous avouer...

AUBERT

Non !...
Arrêtez, malheureuse !...
Mon crime, alors, serait sans excuse ;
l'affreuse confession ferait mon éternel remord.
Eh ! quoi !
J'aurais puni par une injuste mort
un simple enfantillage,
une erreur de jeune homme ;
alors qu'il suffisait, tout simplement,
et comme vous dites l'avoir fait,
de traiter en gamin
le Chérubin et non le don Juan !...
et ma main aurait donné la mort
au lieu de la taloche !...
Cela n'est pas ! Non ! non !...
mais, c'est que mon reproche vous apeure
et vous fait mentir impudemment...

LAURENCE

Non.

AUBERT

Je ne vous crois plus !...
Georges fut votre amant !
D'ailleurs, je vous surpris ;

et je vis
vos deux bouches s'unir
dans l'indécent baiser des amours louches !...

LAURENCE

Pardon !

AUBERT

Arrière !... Monstre !...

LAURENCE

Oh ! pardon !... c'est le seul !...

AUBERT

Que m'importe !...
Pour moi,
j'ai pensé qu'un linceul
pouvait seul essuyer l'adultère salive !...

LAURENCE

Pour la dernière fois !...
Pour fausser l'invective et les propos cruels,
— plus blessants que des coups —
je jure, devant Dieu, que l'enfant est de vous !...

AUBERT

L'enfant !...
Je l'oubliais.
De moi !
Cela veut dire qu'il portera mon nom... ?
et cela vous fait rire ?

Que faites-vous ?

LAURENCE

Je sors.

AUBERT

Non. (De la porte des appartements il l'entraine vers la croisée.)

LAURENCE

Laissez-moi.

AUBERT

Trop tard !
Vrai ! Je ne pensais plus à l'horrible bâtard
quand le mot imprudent est tombé de vos lèvres...

Venez...

LAURENCE

Que voulez-vous ?

AUBERT

Vous savez quelles fièvres s'emparent de ceux-là qui furent...

LAURENCE

Vous voulez m'assassiner !

AUBERT

Non pas ! Faire justice, oui.

Les fous sont, parfois, les seuls bourreaux possibles !...

LAURENCE

Grâce !

AUBERT

Non.

LAURENCE

Au secours !

AUBERT

Tais-toi.

LAURENCE

Grâ...ce !...

AUBERT

Cela dépasse mon droit ; car, c'est au nom de Marthe que tu vas mourir.

LAURENCE

Ah ! (Elle s'évanouit.)

AUBERT

C'est au mieux !...

Et maintenant,
en bas, le gouffre... la roue...
En l'y jetant,
je supprime l'odieuse femelle et le fruit de son crime.
Du forfait,
je serai l'inconscient auteur ;
car, nul n'accusera l'amical testateur,
l'époux aimant,
d'avoir supprimé l'héritière,
la femme si fidèle !...
Et ma vengeance entière
est satisfaite ainsi.
Donc,
à l'eau, l'infâme, à l'eau !...

Qu'est cela ?... Des pas ?... On court !... C'est Lastera. C'est par lui... qu'elle apprit !...

Il n'est donc pas d'honnête homme ?

Allons !... (Il cherche à soulever le corps de Laurence.)

LASTERA (Du dehors.)

Aubert !

AUBERT (Il laisse choir le corps.)

Trop tard !...

LASTERA (Faisant irruption, suivi de Colas.)

Arrêtez !

AUBERT (S'élançant à la fenêtre.)

M'arrête qui pourra !... (Il disparaît.)

LASTERA

Ho ! (Il court au balcon, puis revient.)

COLAS

Monsieur !

LASTERA

Amenez des secours pour celle-ci... Pour lui !... (Geste.) c'est superflu !...

COLAS

J'y cours, Monsieur !... (Il sort.)

SCÈNE VII

LAURENCE (Evanouie), LASTERA

LASTERA

L'a-t-il tuée ?.... (Il l'examine.)

LAURENCE

Ah !

LASTERA

Non. Elle soupire : une syncope !...

LAURENCE

Où suis-je ?... Et lui ?

LASTERA

Lui !... Son délire vous fait veuve.

LAURENCE

Il est mort !...

LASTERA

Il s'est précipité de là, dans le chenal. (Il lui tend la main pour la relever. Elle va pour accepter, quand, au mouvement qu'elle fait, elle se sent blessée : l'avortement appréhendé s'est produit ; elle repousse la main de Lastera et se palpe les flancs avec angoisse, puis, soudainement édifiée, pousse un cri.)

LAURENCE

Ah !

LASTERA

Qu'avez-vous ?

LAURENCE (Affolée par sa constatation.)

Bonté du ciel !

LASTERA

Quoi donc ?

LAURENCE (Elle retombe anéantie par sa découverte et par
sa faiblesse physique.)

Malheur !... Tout m'accable !... et me frappe !... Vous triomphez en
plein, Lastera !... Tout m'échappe !...

LASTERA (Grave et qui a compris.)

Excepté moi.

LAURENCE

Comment ?...

LASTERA (Penché sur Laurence et confidentiel.)

Moi ; dans dix mois... je vous épouse.

LAURENCE (Le regardant dans les yeux.)

Vous !

LASTERA (Sérieusement.)

Moi.

LAURENCE (Comme lisant dans les yeux de Lastera ce qu'il
lui a dit à la scène II du présent Épilogue:
« Que n'êtes-vous restée, » etc.)

Bien vrai ?

LASTERA (Très calme et sincère.)

Bien vrai.

LAURENCE (Elle lui tend la main.)

Merci. (Elle s'évanouit.)

SCÈNE VIII

Les Mêmes, COLAS et des Serviteurs

COLAS

Nous voici, Monsieur.

Ah ! bien.

UNE SERVANTE

Monsieur, est-elle morte ?

LASTERA

Non ; mais, qu'avec des soins, dans sa chambre, on la porte.

(Les serviteurs l'emportent.)

SCÈNE IX

LASTERA (Seul.)

Tout rentre ainsi dans l'ordre, et c'est le but fatal :
au Travail, s'en retourne enfin le Capital,
et la moisson revient à qui fit la semaille.
Ce que n'a pas encor, pour celui qui travaille,
consacré hautement une équitable loi,
le sort paraît, ici, l'avoir voulu pour moi.

Dédaigneux des degrés où la famille étage
ses hiérarchiques droits au posthume partage,
ce sort, non pas aveugle et sourd, mais justicier,
sut reconnaître, en moi, l'unique créancier ;
et, pour régler mon dû — de l'arbre héréditaire,
arrachant, tout d'abord, l'être parasitaire
de qui l'on espérait la verte frondaison —
il a fait, en deux coups, déserte la maison,
frappant la fille, hélas, trois jours avant le père.
Et l'œuvre me revient tout entier et prospère !
Et l'usine est à moi ; rien qu'à moi ; c'est mon bien !
En suis-je l'héritier ? Non pas !... Ce lot est mien.

De trente ans de labeur, c'est le salaire juste ;
c'est le prix de ma vie ; et...

c'est la Prime auguste
due à l'Homme *qui livre, au* Travail *incessant,*
sa Cervelle *ou ses* Nerfs *; sa* Sueur *ou son* Sang.

ERRATA

A l'AVANT-PROPOS, page vi, ligne 13, il faut : *calme ; grave ;* avec des points-virgules, au lieu de virgules.

A la PRÉFACE, page xvii, ligne 26 : *Rembrandt* au lieu de : *Rambrandt*, et à la ligne 27 : *devenues,* au lieu de : *devenus ;* à la page xviii, ligne 19 : *j'aie eu,* et non *j'aie ;* à la page xxii, ligne 9 : *une préface et une œuvre selon cette préface, ou si l'on aime mieux : une œuvre et une post-face d'après cette œuvre : bonnet blanc, blanc bonnet.*

A l'ACTE PREMIER, page 22, ligne 15 : *George,* au lieu de *Georges ;* page 25, ligne 11, il ne faut qu'un : *oui ;* page 30, ligne 20, il faut : *gagnant trois cents francs, l'an, à faire œuvre servile ;* page 34, ligne 1, au lieu d'italique, en romain : Soit ! vous avez souffert ; etc. ; page 35, ligne 7, enlevez la virgule après : *fut ;* page 38, ligne 2, *George,* au lieu de *Georges.*

A l'ACTE DEUXIÈME, page 50, ligne 2, il faut : *le,* au lieu de : *les ;* page 67, ligne 17, il faut : *Lastera ! Lastera ! (à Georges),* au lieu de : *Lastera ! (à Georges) ;* page 68, ligne 9 : *Maître Arnaud,* et non : *Maître Armand.*

A l'ÉPILOGUE, page 105, ligne 18, il faut, entre parenthèses : *(Signes de protestation de Laurence),* après : *ni mauvaise ni bonne ;* page 112, à la dernière ligne, il faut en petite italique ce qui est en romain : Mais la lettre ? Page 115, ligne 7, il faut : *peu dans mon caractère* et non *dans son caractère ;* page 118, ligne 13, il faut : *et pour jeter à bas ;* page 119, ligne 13, au lieu de *Hem !* il faut : *Hein !* Page 120, ligne 1, il faut : *quel mystère est-ce là ?* au lieu de : *cela ?* Page 134, ligne 29, effacez l's de *grâce.*

LA POULE ET LE RENARD

(ELLE MÉRITAIT PIRE)

COMÉDIE EN UN ACTE

PERSONNAGES

DESMARETS.

MAREUIL.

MATHILDE.

LUCIENNE.

JULIE.

L'action se passe de nos jours dans le département d'Indre-et-Loire, aux environs de Tours. On est en juillet. Il est neuf heures du soir.

A MONSIEUR AUGUSTE CAHOURS

MEMBRE DE L'INSTITUT ET PROFESSEUR DE CHIMIE ORGANIQUE

A L'ÉCOLE POLYTECHNIQUE.

———

Paris, le 12 novembre 1878.

MON CHER MAÎTRE,

Permettez-moi de vous dédier cette œuvre et de vous l'offrir comme un gage de mon respect et de ma vive affection.

JEAN-JACQUES MAGNE.

A SA MÉMOIRE ET A SON SOUVENIR

1893—1898

LA POULE ET LE RENARD

La scène représente l'intérieur d'un pavillon d'été attenant à l'habitation de Desmarets. Au fond, une grande porte donnant sur la campagne. A droite, une grande baie reliant le pavillon avec les autres appartements. En pans coupés,
et à la droite et à la gauche de la porte du fond, une fenêtre. A gauche, une petite porte en partie dissimulée
par une portière. Près de l'avant-scène de gauche, un piano ; entre la porte du fond et chaque fenêtre, un
meuble supportant une jardinière. Dans les coins, des bustes et des statuettes. Au-dessus du piano un portrait
de femme à cadre ovale. Chaise longue à l'américaine. Chaises et fauteuils en bambou ; tableaux ; panoplies ;
tentures aux fenêtres et à la baie de droite. Un guéridon au milieu. Sur ce guéridon une corbeille à ouvrage.
Au lever du rideau, Mathilde est au piano. Mareuil est debout derrière elle, prêt à lui tourner les pages.
Lucienne brode près du guéridon. Desmarets est près d'elle.

SCÈNE PREMIÈRE

LUCIENNE, DESMARETS, MATHILDE, MAREUIL

DESMARETS

Non, Lucienne, nous sommes faits de façon à considérer le passé, quelque heureux ou quelque pénible qu'il ait été, comme certains tableaux qui, quoique complets en eux-mêmes, ont, dans leur composition ou dans le sujet qu'ils représentent, un je ne sais quoi qui réclame un *pendant*.

LUCIENNE

Soit ; mais qui dit *pendant* dit presque toujours contraste, et j'ai été si heureuse, en ménage, que le *pendant* à ces six années de calme et d'affection ne saurait que m'effrayer.

DESMARETS

Mareuil est bon ; il est intelligent : ce qui est de la double bonté ; s'il ne vous fait pas oublier votre premier mari, Lucienne, il vous le complétera.

LUCIENNE

Ah ! que je voudrais vous croire entièrement, sans arrière-pensée, Raymond.

DESMARETS

Vous lui plaisez beaucoup et vous lui êtes très sympathique; il doit, d'ailleurs, vous l'avoir dit, depuis trois jours qu'il est ici, en termes plus galants ?

LUCIENNE

Il est plus spirituel que galant ! Je ne lui en voudrais pas si son esprit avait quelque chaleur, quelque feu... mais, il a toujours l'air d'allumer des fusées à l'aide d'une lentille de glace.

(Mathilde prélude.)

DESMARETS

Ah ! ah !... oui, un peu de musique. (Il va s'étendre sur la chaise longue et fume. Mathilde joue. Au premier tiers du morceau, Julie entre par la droite, et, s'approchant de Desmarets, lui parle bas.)

SCÈNE II

MATHILDE, MAREUIL, LUCIENNE, DESMARETS, JULIE

DESMARETS (A demi-voix, à Julie.)

Qui est venu ?

JULIE

Le petit Jacques, son fils.

DESMARETS

C'est bien ; dites-lui de m'attendre, j'y vais. (Il se lève.)

JULIE

Oui, monsieur. (Elle sort.)

SCÈNE III

LES MÊMES, MOINS JULIE

DESMARETS (Il s'approche de Lucienne et lui dit à voix basse :)

Lucienne, je sors un instant ! la femme de maître André, le charron, est, à ce qu'il paraît, très mal ; en attendant que le docteur Blanchard, que je vais faire prévenir, vienne lui donner ses soins, je vais pourvoir au plus urgent.

LUCIENNE

Que les gens du pays doivent vous aimer !

DESMARETS

On n'aime pas les médecins... et l'on a raison. Je reviens. (Il sort.)

SCÈNE IV

MATHILDE, MAREUIL, LUCIENNE

(A la sortie de Desmarets, Mareuil a tourné la tête ; ce mouvement attire l'attention de Mathilde
qui, cessant brusquement de jouer, se retourne et dit :)

MATHILDE

Qu'y a-t-il ?

LUCIENNE

On est venu prier ton mari d'aller donner ses soins à une pauvre femme et il y est allé.

MAREUIL

Mais n'y a-t-il pas au village un médecin pour qu'on vienne déranger Desmarets qui est, ici, en rupture de profession ?

MATHILDE

Oui, mais le village est loin.

MAREUIL

Et le médecin moins accommodant que Desmarets, n'est-ce pas ?

LUCIENNE

Peut-être bien ; aussi les pauvres gens connaissent mieux sa demeure.

MAREUIL

Parbleu !

MATHILDE

Il est si bon pour eux !

MAREUIL

Si bon, que je suis persuadé que sur vingt fois que l'on envoie chercher le docteur, c'est dix-neuf fois à l'aumônier qu'on a affaire.

LUCIENNE

Eh bien ! mais c'est encore guérir les gens, cela.

MAREUIL

Les soigner, voulez-vous dire ?

LUCIENNE

Les soigner... et les guérir.

MAREUIL

Du mal de misère ?... On ne guérit pas de ce mal-là...

LUCIENNE

On en soulage.

MAREUIL

On l'entretient.

MATHILDE

Vous ne croyez pas à la misère, monsieur Mareuil ?

MAREUIL

Très rarement.

LUCIENNE

Vous ne faites donc jamais l'aumône ?

MAREUIL

Pardonnez-moi, madame ; le plus souvent que je le peux.

MATHILDE

Eh bien, alors ?

MAREUIL

Eh bien, alors... cela ne prouve rien.

LUCIENNE

Comment ?

MAREUIL

Je donne par principe et ne crois pas par sentiment. L'aumône est un impôt dont je me frappe moi-même tout en étant convaincu qu'il ne sert qu'à entretenir le mal même que je voudrais détruire.

MATHILDE

Vous croyez cela ?

MAREUIL

Fermement.

LUCIENNE

Pourquoi alors entretenir ce mal ?

MAREUIL

Pourquoi ?

MATHILDE ET LUCIENNE

Oui, pourquoi ?

MAREUIL

Ah ! dame ! vous m'embarrassez, mesdames ; ce sont de bien graves questions d'ailleurs ; je vous donne ma parole que lorsque je fais le bien, je ne sais jamais pourquoi.

LUCIENNE

Et le mal ?

MAREUIL

Oh ! le mal... c'est différent ; l'on sait toujours pourquoi.

MATHILDE

Quel paradoxe !

LUCIENNE

Quelle hérésie !

MAREUIL

Eh ! non ! c'est qu'on est bon par instinct, et mauvais par calcul. Voilà.

MATHILDE

Tiens !... (Elle se remet au piano et prélude.)

LUCIENNE

Eh bien, un conseil, si vous le permettez.

MAREUIL

Comment donc, je l'implore !

LUCIENNE

Ne calculez jamais.

MAREUIL

Ah !... et ce conseil, s'adresse-t-il à l'homme ou à l'agent de change ?

LUCIENNE

A votre cœur.

MAREUIL

A la bonne heure.

LUCIENNE

Je vous laisse ; je vous laisse à vos paradoxes et je retourne à ma broderie.

MAREUIL

Broderies aussi que mes paradoxes, chère dame. Ils sont plus jolis que solides.

(Mathilde joue; Mareuil va occuper derrière elle la position qu'il avait au début de la scène première ; Lucienne retourne près du guéridon.)

MATHILDE, après un temps, à voix basse.

Ne restez pas là, près de moi ; allez trouver Lucienne !

MAREUIL

Vous me renvoyez ?

MATHILDE

Oui.

MAREUIL

Que vous êtes cruelle !... Ah !... (Il pousse un gros soupir, puis va, lentement, près de Lucienne qui brode et qui ne relève pas la tête à son approche.) Vous me boudez ?

LUCIENNE

Non. Je vous en veux.

(Mathilde s'arrête, se retourne et les regarde.)

MAREUIL

A moi ?... Et pourquoi ?...

LUCIENNE

Je vous en veux de vous dénaturer ; d'affubler votre esprit généreux d'oripeaux philosophiques ; de vous déguiser en beau parleur et d'essayer de faire croire aux gens qui vous connaissent et qui vous estiment, que vous n'êtes qu'un pédant froid et sec.

MATHILDE (Légèrement ironique.)

Voilà une déclaration, si je ne me trompe.

LUCIENNE

Oui, une déclaration de guerre.

MAREUIL

C'est bien ainsi que je l'avais compris. Et ce n'est que pour cela que vous m'en voulez ?

LUCIENNE

Pour cela.

MAREUIL

Eh bien, j'abjure mes erreurs et confesse mes torts... Faisons la paix.

LUCIENNE

Soit, mais à une condition.

MAREUIL

Parlez, Brennus.

LUCIENNE

C'est que désormais vous chercherez à savoir pourquoi vous faites le bien.

MAREUIL

Désormais je le saurai, car ce sera pour vous obéir et vous plaire.

(On sonne à la grille du parc.)

MATHILDE

Qui peut venir à cette heure ?

MAREUIL

N'est-ce pas Desmarets qui revient ?

MATHILDE

Non, il passe par la serre.

LUCIENNE

Quelle heure est-il ?

MAREUIL

Neuf heures et demie.

SCÈNE V

LUCIENNE, MATHILDE, MAREUIL, JULIE

JULIE

C'est une dépêche pour M. Mareuil.

MATHILDE

Une dépêche !

MAREUIL

Pour moi ?

JULIE

Voici le bulletin, monsieur.

MAREUIL (Il va au guéridon et signe le récépissé.)

Tenez.

JULIE

Merci, monsieur. (Elle sort.)

SCÈNE VI

LUCIENNE, MAREUIL, MATHILDE

MAREUIL

Vous permettez, mesdames ?

MATHILDE

Comment donc !...

MAREUIL, qui a lu.

Ah ! voilà, mesdames, la plus affreuse nouvelle que je puisse recevoir !

LUCIENNE

Un malheur ?

MAREUIL

Oui ; mais rassurez-vous, le malheur ne frappe que moi. Mon associé me réclame et il faut que demain je sois à Blois.

MATHILDE

Ah !

LUCIENNE

Vous partez !

MAREUIL

Demain, avec votre permission.

MATHILDE

Et vous appelez cela un malheur ?

MAREUIL

Pour moi, sans doute.

LUCIENNE

Et pour nous, monsieur l'égoïste.

MATHILDE

Mais c'est tout simplement une catastrophe épouvantable !... Et notre jolie partie de plaisir à Savonnières ?

LUCIENNE

Comment ! à peine arrivé !

MAREUIL

Je reviendrai dès que je le pourrai.

LUCIENNE

Vous nous avez promis quinze jours et n'en voilà pas cinq.

XXIV

MAREUIL

L'homme propose...

MATHILDE

Et les dames disposent. Vous ne partirez pas.

LUCIENNE

Oh ! si c'était possible !

MAREUIL

Ce n'est pas possible : mon associé...

MATHILDE

Votre associé ne sait pas vivre... et il se débrouillera bien tout seul.

MAREUIL

Ma modestie le croirait volontiers ; mais certaines affaires précédentes lui donnent tort et il faut que je parte.

LUCIENNE

Vous avez raison ; partez et revenez-nous bien vite.

MAREUIL

Je vous le promets.

LUCIENNE

Vous partez demain matin ?

MAREUIL

Par le premier train, si c'est possible.

LUCIENNE

Bien. Je vais moi-même veiller à cela.

MAREUIL

Merci d'avance.

LUCIENNE

Mais vous nous reviendrez ; nous garderons votre valise.

MAREUIL

Puisque vous avez déjà ma parole.

LUCIENNE

C'est vrai. J'aime mieux ce gage-là. Vous emporterez votre valise.
(Elle sort.)

SCÈNE VII

MATHILDE, MAREUIL

MATHILDE (Après un temps et allant brusquement à Mareuil.)

Voulez-vous me montrer cette dépêche ?

MAREUIL

Volontiers.

MATHILDE (Lisant la dépêche.)

Tiens !

MAREUIL

Quoi donc ?

MATHILDE

C'est étonnant !

MAREUIL

Qu'est-ce qui est étonnant ?

MATHILDE

C'est vraiment bizarre... absolument... absolument...

MAREUIL

Je ne comprends pas... Voudriez-vous me faire part ?...

MATHILDE

Du sujet de ma stupéfaction ?

MAREUIL

Oui, s'il vous plaît, car... je ne vois pas...

MATHILDE

Ce qu'il y a d'étonnant? Eh bien, il y a de quoi être surpris, je vous l'assure : cette dépêche est exactement, mot pour mot, la répétition d'une phrase que j'ai trouvée hier matin écrite sur un bout de papier, lequel est tombé de votre poche et que j'ai eu l'indiscrétion, je l'avoue, de ramasser et de lire.

MAREUIL

Ah ! et vous croyez que c'est la même ?

MATHILDE

La voici d'ailleurs : dix-neuf mots, y compris la signature et le tout de votre écriture la plus affreuse.

MAREUIL

La calligraphie n'est pas mon fort.

MATHILDE

Pas plus que la ruse. Pourquoi cette dépêche ?

MAREUIL

Vous l'avez dit vous-même.

MATHILDE

Une ruse ?... Laquelle ?... dans quel but ?... Je ne comprends pas.

MAREUIL

Vous me permettrez de ne pas vous expliquer ma honte : le renard que la poule a pris n'est pas obligé de dire pourquoi il rôdait autour du poulailler... D'ailleurs la poule sait trop bien ce qu'il y venait faire.

MATHILDE

Il venait pour la croquer ; mais vous qui voulez partir ?

MAREUIL

Je ne suis pas un renard et ce qui est bon dans les bois peut ne rien valoir dans un salon.

MATHILDE

Ah ! j'y suis. Au théâtre on nomme cela, je crois, une fausse sortie.

MAREUIL

Tout juste.

MATHILDE

Oui. L'on dit : « Adieu, je m'en vais. » On sort ; mais la porte est à peine fermée, qu'elle se rouvre toute grande ; « Plaît-il ? vous m'avez rappelé ? — Moi, non. — Ah ! je croyais !... » Allons, allons, monsieur Mareuil, vous connaissez Molière et la scène du *Tartuffe* vous est revenue à la mémoire. Vous avez voulu faire, comment dirai-je ?... Ah ! tant pis !... Vous avez voulu faire la coquette.

MAREUIL

J'ai pensé que cette note-là vous toucherait aisément.

MATHILDE

Pourquoi ?

MAREUIL

Vous la connaissez si bien !

MATHILDE

Vous croyez ?

MAREUIL

Et la chantez si souvent !

MATHILDE

Vous trouvez ?

MAREUIL

Oui.

MATHILDE

Ah ! (Un temps.) Voulez-vous que nous mettions tous deux cartes sur table, monsieur Mareuil ?

MAREUIL

J'allais vous en prier, madame ; et puisqu'il faut vous l'avouer, ma ruse n'avait pas d'autre but...

MATHILDE

Que de nous dire...

MAREUIL

Tout ce que nous pensons ; car rien ne tombe mieux d'une poche que ce qu'on veut bien en laisser tomber.

MATHILDE

Ah !... bien... Commençons donc.

MAREUIL

A vous de parler, vous êtes première en cartes.

MATHILDE

Soit. Je vous dirai donc que je crains, mon cher monsieur Mareuil, que vous ne vous fassiez illusion sur les sentiments que j'ai pour vous.

MAREUIL

Bien. Veuillez expliquer votre jeu.

MATHILDE

A certains mots, hier, à certains signes, j'ai cru comprendre que vous donniez à vos assiduités auprès de moi un caractère qui ne peut nous convenir : à vous, l'ami de mon mari ; à moi, sa femme, qui l'aime et qui me respecte.

MAREUIL

J'ai bien compris : maintenant pourriez-vous conclure ?

MATHILDE

La conclusion est très naturelle : vous vous êtes trompé, voilà tout. Et restons bons amis.

MAREUIL

Je vous remercie ; mais je n'accepte pas. Si vous le voulez, à présent, je vais parler à mon tour.

MATHILDE

Sans doute.

MAREUIL

Vous venez de dire un mot bien profond et qui dépeint admirablement la situation à votre point de vue.

MATHILDE

Lequel ?

MAREUIL

Vous avez dit : vous vous êtes trompé. C'est vous qui me dites, à moi, que je *me* suis trompé. Tout est là, dans ce pronom et ce verbe. On ne *m'a* pas trompé... *Vous* ne *m'avez* pas trompé...

MATHILDE

Moi !

MAREUIL

Non, c'est moi, moi seul, Mareuil, qui *me* suis trompé. S'il s'agissait de galanteries et de doux propos, je souscrirais des deux mains à ce verbe pronominal qui me donne si bien condamnation ; mais comme nos jeux sont là, découverts, vous me permettrez de vous montrer dans le mien cette variante : vous m'avez trompé.

MATHILDE

Monsieur.

MAREUIL

Je vous ai laissé parler, moi.

MATHILDE

Vous m'attaquez.

MAREUIL

Je me défends. Voulez-vous me permettre de vous dire, à mon tour, ce qu'il y avait dans mes cartes, quand je les tenais en main ?

MATHILDE

Eh bien, oui ; parlez. Je veux savoir comment et en quoi vous prétendez que je vous ai trompé.

MAREUIL

Hier, vous avez été effarouchée d'un mot un peu léger... un peu risqué, je le confesse, et vous vous êtes promis de me signifier mon congé de soupirant à la première occasion. L'occasion est arrivée par le télégraphe et vous venez de me congédier. Or, moi, hier, à la même seconde où vous étiez effarouchée, je prenais une résolution ; vous, vous vous disiez : « Je ne serai pas sa maîtresse, » et moi, je vous répondais, en moi-même : « Tu le seras ! »

MATHILDE

C'en est trop !... Sortez, monsieur.

MAREUIL

Où voulez-vous que j'aille ?

MATHILDE

Si vous me dites un mot de plus, j'appelle.

MAREUIL

Du scandale ! Vous n'y songez pas ! et qui vous dit encore qu'il me déplairait, ce scandale ? Qui vous dit que ce n'est pas là ma vengeance ?

MATHILDE

Votre vengeance ?

MAREUIL

Oui, puisqu'il est convenu maintenant que c'est vous qui m'avez trompé.

MATHILDE

Mais en quoi ?... En quoi, monsieur ?

MAREUIL

Je vais vous le dire. Mais, si vous le voulez bien, comme ce que j'ai à vous dire est un peu long, et que pour le moment, il n'est pas dans le programme d'éveiller les soupçons de qui que ce soit ici ; si vous le voulez bien, dis-je, vous vous remettrez au piano ; vous reprendrez cette pensée, cette valse que nous avons dansée ensemble le premier jour que nous nous connûmes et le murmure de l'instrument voilera un peu ma plainte et mes reproches... Allons..., je vous en prie... (Il la prend par la main et la conduit au piano ; elle marche et s'assied automatiquement, et durant toute la tirade de Mareuil, elle joue, en sourdine, la Pensée de F. David. Mareuil, debout, le bras droit appuyé sur le piano, le front dans la main, récite lentement et d'un chant un peu monotone toute sa tirade.) Je remonterai à cette soirée que rien, pas même votre indifférence, ou, peut-être, votre haine, n'effacera de ma mémoire. J'allai à ce bal ; mais isolé au milieu de cette foule, étranger à ce monde, je songeais à la retraite, quand, tout à coup, passa, devant moi, une femme divinement belle. Je ne la connaissais pas, mais à sa vue je tressaillis comme s'il y avait eu quelque chose d'intime entre elle et moi. Ce fut un éblouissement ; elle disparut aussitôt, dans les tourbillons des valseurs. Je la cherchai comme si elle avait emporté mon âme. Enfin je la revis et cette fois ce fut pour la suivre des yeux d'une façon, sans doute, si éperdue, qu'à un certain moment, nos regards s'étant rencontrés, elle éprouva comme le choc du mien, et dès cet instant une sorte de magnétisme nous riva l'un à l'autre. La valse avait cessé. Son valseur l'emmena dans un salon où je n'osai la suivre. J'en étais réduit à éprouver ce qu'on éprouve à seize ans ; j'en étais naïf et tout tremblant. Tout à coup je m'entends nommer ; je m'éveille de mon extase : c'était Desmarets, mon ancien condisciple. La reconnaissance ne fut pas longue. Il m'entraîne à travers les salons ; nous arrivons devant *elle* ; il me présente : vous étiez sa femme. Il nous quitte, va au jeu et je restai avec vous. L'orchestre préludait cette mélodie ; les premières mesures de la valse nous entraînèrent et dans le vertige de ce tourbillon de gaz, de diamants et d'épaules nues, j'osais vous dire ce que jamais plus je ne me suis senti la force de vous répéter. Vous, vous ne disiez rien, et j'eus la naïveté de croire que ma brûlante déclaration ne vous trouvait point insensible, car j'étais sincère. Il y a six mois de cette enivrante soirée et depuis six mois ma pensée, mon unique pensée de chaque jour, de chaque instant, a été pour vous. Je vous aimais au point de n'oser vous parler de mon amour : un collégien n'est pas plus sot que je ne l'ai été. Mais à défaut de mes paroles, mes regards, mes soins, mon empressement à vous plaire et à satisfaire tous vos désirs et même, vous en conviendrez, tous vos caprices; mes assiduités, ma conduite constante enfin ont dû mieux vous dire que je n'aurais su le faire moi-même, combien vous avez d'empire sur moi et combien je vous aime. Et vous, jouant avec mon âme, vous lui avez fait parcourir, avec un art infernal, toute la gamme douloureuse de l'amour. Un jour, un sourire me plaçait dans les cieux, d'où, le lendemain, l'accueil le plus froid et la plus cruelle ironie m'arrachaient : jalousie, désespoir, passion ardente, vous avez tout exploité dans ce cœur que vous saviez si bien être à vous. Et, aujourd'hui, vous venez me dire froidement, comme si je sortais d'un songe absurde : « Vous vous êtes trompé; voilà tout. Restons amis. » Non, non, madame; je ne me suis pas trompé, moi; je n'ai pas rêvé. Durant ces six mois, j'ai vécu et j'ai souffert, et c'est avec ces souffrances de chaque jour que je vous réponds : c'est vous qui m'avez trompé; car vous m'avez dit mieux qu'en paroles et cent fois pour une que cet amour dont je faisais ma vie vous le partagiez. C'était là un rôle, direz-vous, un jeu, une distraction et une expérience de femme coquette; soit; mais illusion ou réalité, j'ai souffert, vous dis-je, et à tout prix à présent je ne veux pas avoir été joué.

MATHILDE

Et que prétendez-vous, monsieur ?

MAREUIL

Avoir impérieusement ce que vos sourires menteurs m'ont fait espérer tant de fois.

MATHILDE

Pour voir jusqu'où ira votre audace, je vous prie de vous expliquer.

XXV

MAREUIL

Demain matin je partirai et je ne vous verrai jamais plus, je vous le jure ; mais, dans une heure, lorsque tout le monde, ici, dormira, j'irai vous rendre, dans ce boudoir qui communique avec votre chambre, la clé de cette porte que vous allez me confier.

MATHILDE

Vous êtes fou !

MAREUIL

Soit ; mais un fou est parfois dangereux !

MATHILDE

Vous me menacez ?

MAREUIL

Dieu m'en garde !... Je vous avertis.

MATHILDE

Et que ferez-vous ?

MAREUIL

Si vous refusez ?... mais à quoi bon ? Vous ne refuserez pas.

MATHILDE

Je refuse.

MAREUIL

Alors, vous verrez ce que je ferai.

MATHILDE

Bien, nous verrons.

MAREUIL

Vous verrez.
(Un temps.)

MATHILDE

Ah ! je comprends !... mon portrait ?

MAREUIL

Tout juste.

MATHILDE

Ah ! vous ne ferez pas cela.

MAREUIL

Pourquoi ?

MATHILDE

Ah! vous êtes... rendez-moi ce portrait.

MAREUIL

Donnant, donnant.

MATHILDE

Non.

MAREUIL

Soit.

MATHILDE

Mais qui êtes-vous donc ?

(Lucienne paraît et écoute par la porte du fond.)

MAREUIL

Votre amant.

MATHILDE (Un sursaut... un temps.)

Et Lucienne ?

MAREUIL

Lucienne !... Ne me parlez pas d'elle ; ne l'invoquez pas ; vous savez pour qui je suis ici ; oui, vous le savez bien, ne niez pas. Elle, je ne l'aime pas ; pourquoi l'aimerais-je ? Vous, je vous adore et depuis six mois vous êtes mon âme. Ce mariage projeté entre elle et moi, ce prétexte de ma présence ici, c'est vous, vous seule qui l'avez imaginé. Ne vous récriez donc pas sur le titre que je viens de me donner : quelle femme n'aurait fait pour son véritable amant ce que vous avez fait là pour moi ? Bref, la situation est fausse ; peu importe qui l'a créée ainsi ; ce qu'il faut, c'est la résoudre et c'est ce que, sans m'inquiéter de la légitimité des moyens à employer, je prétends faire avant demain.

MATHILDE

Je vous en conjure.

MAREUIL

La clé !

MATHILDE

Jamais.

MAREUIL

Que vous êtes peu logique !

MATHILDE

En quoi ?

MAREUIL

Donnez-moi cette clé ; et, à l'instant, devant vous, j'anéantis ce portrait fait pour moi seul comme je vous en avais exprimé le désir ; ce portrait dont le cliché a été brisé sous vos yeux et qui est unique, ce qui vous fit en quelque sorte à moi, pendant quelques secondes fugitives, hélas ! mais dont la preuve, la preuve immuable et indéniable, est là… oui, donnez-moi cette clé et demain, en prenant congé de vous, je vous la rendrai sans m'en être servi…, peut-être… c'est là ma vengeance, n'est-ce pas ?… mais aussi serai-je peut-être plus généreux que vous ne l'avez été et vos angoisses de quelques heures donneront satisfaction à mes six mois de martyre.

MATHILDE

Vous ne viendrez pas ?…

MAREUIL

Vous n'en saurez rien… jusqu'à demain. Peut-être irai-je ; peut-être vous rendrai-je dédain pour dédain, mépris pour mépris…

MATHILDE

Oh !…

MAREUIL

Vous souffrez !… Allons, il n'y a pas à désespérer ; il vous reste un peu de cœur.. Eh bien, Mathilde, c'est ce peu que je veux avoir en ma possession durant ces quelques heures qui précéderont notre éternelle séparation. Je veux avoir à moi, entièrement, complètement, toute votre pensée. Je saurai que tout ce que vous avez de cher au monde : votre époux, votre mère, vos amis, ne seront plus rien devant ma pensée ; que seul j'occupe tout votre être ; je saurai que vous pouvez être à moi, que je puis vous couvrir de ces baisers que j'ai dû refouler en larmes de feu au plus profond de mon cœur, et que si cela n'est pas, c'est que ma volonté et non la vôtre l'a empêché ; et que si je veux, malgré vous, malgré tous et malgré tout, cela sera. C'est cet empire, c'est cette puissance que je réclame et contre laquelle vous échangez le repos de tout votre avenir. Je dois vous paraître bien mauvais, bien infâme ; et je paraîtrais ainsi à tous ceux qui me jugeraient en ce moment ; mais peu m'importe !… Seul je sais ce que j'ai enduré ; seul je sais combien vous fûtes coupable, impitoyable et cruelle ; seul, encore, je sais ce que je ferai quand je serai le maître de votre âme, de votre repos, de votre honneur.

MATHILDE

Ah !... c'est lui... je l'entends...

MAREUIL

Eh bien, dans une heure, je viendrai chercher là, dans cette corbeille, la clé de cette porte. (Lucienne disparaît.)

SCÈNE VIII

LES MÊMES, DESMARETS (Survenant par la droite.)

DESMARETS

Ah ! je vous surprends !... Mareuil, tu fais la cour à ma femme !

MAREUIL

Peut-être bien.

DESMARETS

Prends garde !... Je le dirai à ta future !...

MAREUIL

Ce n'est pas encore sérieux. Nous te préviendrons...

DESMARETS

Ah ! ah !... c'est cela. Mais en attendant...

MATHILDE

Et cette pauvre femme ?

DESMARETS

Ce n'était rien : une simple crise.

MAREUIL

En attendant, disais-tu ?

DESMARETS

Ah ! oui. Venez donc voir les bords de l'Etang ; ils sont littéralement illuminés. Il y a une quantité vraiment surprenante de vers luisants ; c'est très curieux.

MAREUIL

Allons voir l'illumination. Voulez-vous me permettre, madame...

DESMARETS

Mais, non ; mais, non. Tu es le chevalier servant de Lucienne.

SCÈNE IX

MATHILDE, MAREUIL, DESMARETS, LUCIENNE

LUCIENNE

Je vous demande la permission de ne pas vous accompagner et je prierai M. Mareuil de m'excuser : j'ai à veiller aux préparatifs de son départ.

DESMARETS

De son départ ? Quelle plaisanterie !

MAREUIL

Non, mon ami ; j'allais t'en parler. Pendant ton absence j'ai reçu cette dépêche et une affaire urgente me rappelle.

DESMARETS

Ah ! les affaires ! les affaires !... mais pas pour longtemps, au moins ?

LUCIENNE

M. Mareuil nous a donné sa parole qu'il reviendrait.

DESMARETS

Je crois bien ! Mais tu ne pars pas ce soir ?

MAREUIL

Non. Seulement demain matin, à la première heure.

DESMARETS

Alors rien n'empêche d'aller voir mes vers luisants ?

MAREUIL

Non, non, allons, allons !

LUCIENNE

Peux-tu me donner une minute, Mathilde ?

MATHILDE

Oui, Lucienne.

DESMARETS

Allons, bon ! nous voilà seuls.

MATHILDE

Je vais vous rejoindre.

DESMARETS

Bien. Et si tu as peur, comme hier au soir, tu chanteras.

MAREUIL

Que tu es cruel !

DESMARETS

Non, non, c'est très bien ; c'est ce qu'il y a de mieux à faire en pareil cas. Viens donc. Il faut d'abord te dire que le ver luisant est un insecte qui...

MAREUIL

Ne pourrait-on pas éviter l'explication...

DESMARETS

Du tout ; n'écoute pas si tu veux, l'expliquerai tout de même. Donc le ver luisant...

(Ils descendent par le fond.)

SCÈNE X

MATHILDE, LUCIENNE

LUCIENNE

Mathilde, j'étais là.

MATHILDE

Là !

LUCIENNE

Oui. Le hasard m'a fait entendre un mot et ce mot était tel que j'ai écouté le reste.

MATHILDE

Eh bien, si tu sais tout, tu sais qu'il a juré de me perdre.

LUCIENNE

Toi, du moins, tu l'as voulu ; mais moi ?

MATHILDE

Toi ?

LUCIENNE

A cette heure tu ne vois que le danger qui te menace ; tu oublies que ce danger est ton œuvre.

MATHILDE

Non, il ment ; c'est un fou !

LUCIENNE

Il dit vrai. Tu es coquette et tu es perfide.

MATHILDE

Que t'ai-je fait, à toi ?

LUCIENNE

Tu savais que je l'aimais et tu m'as volé mon amour. Tu l'as attiré à toi afin qu'il s'éloignât de moi ; et tu n'as même pas la passion pour excuse ; et tu ne peux pas invoquer ton cœur pour te défendre. Quand Henri, ton frère, mon mari, est mort, j'ai cru trouver en toi une sœur et tu m'as trahie. Tu as été la confidente de mes premiers sentiments à l'égard de M. Mareuil. Quand il est venu chez ton mari, j'ai éprouvé pour lui la plus subite et la plus douce sympathie ; je t'ai dit cela et tu ne m'as pas arraché cet amour.

MATHILDE

Le pouvais-je ?

LUCIENNE

Oui. Tu le devais. Lui, la passion qu'il a pour toi, l'explique et l'excuse. Mais toi, toi ma cousine ; toi, la sœur de mon époux ; toi, qui m'as tendu les bras pour me tirer de l'isolement du veuvage ; qui m'as ouvert toute grande la porte de la maison ; toi, qui devais servir le sentiment bien naturel et bien légitime dont je t'avais fait la dépositaire, tu détournes de moi celui que j'aime et à qui, dans mon cœur, je destinais le reste de mes jours et qui, sans toi, m'aurait peut-être aimée ; je ne suis qu'un prétexte inventé par toi pour abriter votre intrigue ; cette hospitalité qui m'a été offerte et que j'ai acceptée parce qu'elle venait d'une âme digne et qu'elle s'adressait à mon âme, digne aussi ; cette hospitalité, tu n'oses pas me l'enlever, tu me la souilles, tu me la rends si honteuse et si vile, cette hospitalité, aujourd'hui que je la comprends, que j'ai presque horreur de moi si j'étais coupable et que je fusse toi-même.

MATHILDE

Vous vous oubliez, Lucienne ; puisque vous avez écouté, vous savez que je ne suis pas coupable.

LUCIENNE

Que craignez-vous, alors ?

MATHILDE

Une légèreté n'est pas une faute et j'ai peur parce qu'il a en main la preuve de mon imprudence.

LUCIENNE

Soit ; mais si vous n'êtes pas coupable, dites-moi, êtes-vous encore honnête ? et votre duplicité à mon égard...

MATHILDE

Assez, madame : votre jalousie vous égare.

LUCIENNE

Ma jalousie !... Tu me crois donc jalouse de toi ?

MATHILDE

On le croirait à moins.

LUCIENNE

Allons, il a raison. Crois-moi jalouse, peu m'importe. J'élève mon âme si haut que tu ne sais la mesurer ; et maintenant tu peux par un élan généreux revenir à lui et panser les plaies que tu lui as faites au cœur ; je ne veux pas plus longtemps vous obliger à la dissimulation, je ne veux pas une seconde de plus te disputer un cœur qui est toute ta propriété.

MATHILDE

Lucienne... tu pars ?...

LUCIENNE

A ma place, resterais-tu, toi ?

XXVI

MATHILDE

Oh ! non ; je t'en conjure, reste ; partir, à cette heure, cela ne se peut pas...

LUCIENNE

Tout se peut, puisque tu as pu me trahir !

MATHILDE

Mais alors, c'est toi qui me perds, qui me livres, qui me dénonces !

LUCIENNE

Au moins, je ne t'aurai pas trahie la première, moi. Adieu ! (Elle sort par la droite.)

SCÈNE XI

MATHILDE (Seule.)

Ah ! je suis perdue !... (Elle s'assied et sanglote.) Oh ! mon Dieu !... (Se relevant brusquement.) J'étouffe !... J'étouffe !... (Elle sort par le fond.)

SCÈNE XII

LUCIENNE (Qui a laissé sortir Mathilde. — Elle arrive par la petite porte de gauche, qu'elle referme.)

Eh bien, non ; je resterai. Et cette clé qu'il exige, il l'aura... Dans cette corbeille, a-t-il dit. (Elle va à la corbeille désignée par Mareuil et y place une petite clé.) Voilà. J'en ai une autre.

SCÈNE XIII

LUCIENNE, MAREUIL, DESMARETS

DESMARETS

Et Mathilde ?

LUCIENNE

N'est-elle pas allée vous rejoindre ?

DESMARETS

Nous ne l'avons pas vue. N'osant pas chanter, elle ne sera pas venue.

LUCIENNE

Je vous demande pardon ; elle est sortie, je l'ai vu sortir !

DESMARETS

Comment ne l'avons-nous pas rencontrée ! (A part, à Mareuil.) Ah ! j'y suis ; je flaire une combinaison... Je vous laisse. (Haut.) Je la trouverai bien. (Il appelle du seuil.) Mathilde !

LUCIENNE

Je vous accompagne.

DESMARETS (Entre ses dents.)

Tiens !... (Haut.) Mareuil vous fait peur ?

LUCIENNE (Gaiement.)

Un peu.

MAREUIL

Nous avons pourtant fait la paix ?

LUCIENNE

Ce n'est pas la paix, c'est une trêve. (Elle sort en prenant le bras de Desmarets.)

SCÈNE XIV

MAREUIL (Seul. Il regarde s'éloigner Desmarets et Lucienne ; puis va fouiller dans la corbeille à ouvrage et y prend la clé.)

La voilà !... Elle se rend... le siège est fini. Allons ! elles sont bien toutes les mêmes : tant que le renard a rusé, madame était la plus forte, madame était honnête ; le renard a montré les dents : madame est vaincue, madame est enchantée... La poule est folle du renard... Mais j'y pense... Serait-ce encore un leurre... dame ! chat échaudé... voyons. (Il va à la petite porte de gauche, essaie la clé, la porte s'ouvre.) Ah ! non... non... c'est bien cela... refermons... C'est bien cela... oui... c'est... bien... cela... (Vivement.) Eh bien ! non, morbleu !... mon rêve s'en va... et mon amour n'est plus qu'un caprice... refroidi... C'est drôle ! je ne me sens plus le même... On dirait que le courant d'air de cette porte ouverte a transi mes illusions et enrhumé mes désirs... Maintenant... je ne vois plus ici qu'un rendez-vous ridicule, qu'un amour grotesque et cynique... je dirai même... qu'un marché honteux... Oui, je me vois et je demeure stupéfait de ma sottise... Et dire que cela dure depuis plus de six mois... Ah ! tant pis pour elle !... J'ai eu... et je garderai le beau rôle... (Il s'assied et écrit.) Madame... souvenir... coquetterie... votre portrait... Là... et sous la même enveloppe, le commencement et la fin... ce portrait et cette clé... le rêve et la réalité... l'adoration (Il embrasse la photographie)... et l'oubli. Et demain, quand elle viendra, pleine de honte, chercher là, cette clé qu'elle y déposa, en frissonnant, peut-être, d'espoir... elle trouvera cette lettre et je serai vengé... bien vengé... Allons... la vengeance est belle et m'évite une mauvaise action... C'est toujours cela, et l'on ne peut pas tous les jours en dire autant... (Il place la lettre dans la corbeille.)

SCÈNE XV

MAREUIL, DESMARETS, LUCIENNE

MAREUIL

Eh bien ?

DESMARETS

Julie vient de nous dire que ma femme, un peu souffrante, était dans sa chambre. Nous nous ferons demain matin nos petits adieux ; car c'est chose entendue, n'est-ce pas ? tu nous reviens pour dimanche ?

MAREUIL

Tu sais que je ferai mon possible.

DESMARETS

J'y compte. Et maintenant, va dormir ; je te ferai réveiller de bonne heure.

MAREUIL

C'est cela. Bonne nuit, mon ami.

DESMARETS

Bonne nuit, Mareuil.

MAREUIL

Madame...

LUCIENNE

Oui... bonne nuit... et dormez bien.

MAREUIL

Comme vous me dites cela !

LUCIENNE

Le plus simplement et le plus sincèrement du monde...

MAREUIL

Mais c'est que je dors toujours très bien, Dieu merci.

LUCIENNE

Ah ! Eh bien, alors, dormez comme vous dormez toujours. Voilà tout.

MAREUIL

Merci.

DESMARETS

Diables d'amoureux, va !... C'est encore une façon de s'entendre que de se quereller toujours.

MAREUIL

A demain !

DESMARETS

Oui.

(Mareuil sort.)

SCÈNE XVI

LUCIENNE, DESMARETS

DESMARETS

Et vous, dormirez-vous bien, madame Mareuil ?

LUCIENNE

Je vous dirai cela demain. Pour le moment j'ai encore à compter avec Julie. Voulez-vous lui dire que je l'attends ?

DESMARETS

Vous compterez demain, l'infatigable ; il est tard, ma bonne amie.

LUCIENNE

Non, merci. A chaque jour son ouvrage.

DESMARETS

Allons !... Je vais vous envoyer Julie. Et bonne nuit. (Il l'embrasse sur le front.)

LUCIENNE

Que vous êtes bon, Raymond.

DESMARETS

Pourquoi ?... En quoi ?

LUCIENNE

Pour tout et en tout.

DESMARETS

Parce que, avant d'être rentier, ici, à la campagne, je suis médecin et que je ne jette pas à la porte les gens qui ont besoin de moi ?

LUCIENNE

Oui, pour cela... et pour tout le reste.

DESMARETS

C'est beaucoup trop alors... Et puis, le beau mérite d'être bon !... Qui n'est pas bon dans le monde !

LUCIENNE

Tout le monde n'est pas bon.

DESMARETS

Vous connaissez des méchants, vous ?... Allons donc ! Comme dit Dumas fils, il n'y a que les imbéciles qui ne sont pas bons.

LUCIENNE

Vous croyez cela sérieusement, Raymond ?

DESMARETS

Oui, très sérieusement.

LUCIENNE

Eh bien, ne vous en étonnez plus : voilà le secret de votre bonté. Vous ne voyez les autres qu'à travers vous-même. Vous êtes bien heureux ; mais prenez garde qu'un jour vos lunettes ne tombent et ne se cassent, mon pauvre optimiste ! Allez, vous, je ne vous souhaite pas une bonne nuit : vous dormirez bien sans cela.

DESMARETS

Qui sait ? Vous m'effrayez ; si, en me couchant, j'allais casser mes lunettes !

Ah! ah! ah!... la figure est heureuse... Je vais en offrir le régal à Mathilde et vous envoyer Julie.

LUCIENNE

Oui, s'il vous plaît.

(Desmarets sort.)

SCÈNE XVII

LUCIENNE (Seule. Lorsqu'elle s'est assurée que Desmarets s'est éloigné, elle va à la corbeille et regarde à l'endroit où elle avait placé la clé, et, ne la voyant plus, elle dit :)

Il l'a. Il viendra; mais c'est moi qu'il trouvera ici.

(Julie entre.)

SCÈNE XVIII

LUCIENNE, JULIE

LUCIENNE

Ah! vous voilà, Julie! J'avais prié monsieur de vous dire de venir compter; mais je me suis rappelée que vous êtes allée aujourd'hui à Tours; il est tard; vous devez être fatiguée. Fermez ces fenêtres et allez dormir; nous compterons demain.

JULIE

Comme madame voudra. (Elle ferme les fenêtres et la porte du fond.) Voilà, madame.

LUCIENNE

C'est bien.

JULIE

Madame n'a plus besoin de moi?

LUCIENNE

Non, merci.

JULIE

Alors, bonsoir, madame.

LUCIENNE

Bonsoir, Julie. (Julie sort.)

SCÈNE XIX

LUCIENNE (Seule. Elle s'assied rêveuse.)

« Ne me parlez pas d'elle ; ne l'invoquez pas ; vous savez pour qui je suis ici. Elle, je ne l'aime pas. Pourquoi l'aimerais-je ?... » Pourquoi l'aimerais-je !... Je n'ai donc rien qui puisse me faire aimer ?... par lui... rien ?... et, elle, elle a tout alors !... Ah ! je n'ai jamais tant souffert que lorsqu'il a dit cela. Maintenant c'est fini, c'est passé... je suis guérie... bien guérie, et je l'attends. (Regardant le portrait qui est au-dessus du piano et qui est celui de Mathilde.) Oui, elle est belle, c'est vrai !... mais elle n'est que belle et son sourire est dur. Elle lui a donné son portrait — je voudrais bien le voir, ce portrait — elle l'a sans doute fait faire pour lui... pour lui !... et elle ne l'aime pas !... et il n'est pas son amant !... Qu'ont-elles donc à la place du cœur, ces femmes qui jouent impunément avec l'amour... sans jamais aimer !... Ah ! j'entends des pas... déjà lui !... c'est bien... je suis prête !

SCÈNE XX

LUCIENNE, DESMARETS

LUCIENNE

Raymond !... Qu'avez-vous oublié, mon ami ?

DESMARETS

Je n'ai rien oublié, Lucienne. Mais, vous-même, que faites-vous encore ici, à cette heure ?

LUCIENNE

Ce que vous y venez faire, Raymond.

DESMARETS

Qui vous a dit...

LUCIENNE

Votre pâleur.

DESMARETS

Pourquoi ne m'avoir rien dit ?

LUCIENNE

A quoi bon ! j'étais là... je vous gardais.

DESMARETS

Merci. Maintenant vous pouvez partir. Mathilde, que je viens de trouver en pleurs, en proie à une crise nerveuse et dont j'ai exigé une explication, m'a tout appris et je viens attendre son amant.

LUCIENNE

Son amant !... il ne l'est pas.

DESMARETS

Qu'en savez-vous ?

LUCIENNE

Oui, Raymond, je le sais et je vous le jure sur la mémoire de tous ceux qui me sont chers.

DESMARETS

Mathilde aussi m'a dit cela... Mais je n'y crois pas.

LUCIENNE

Vous avez tort ; elle ne fut qu'imprudente, elle n'est pas coupable. Il n'y a pas ici de rendez-vous, il n'y a qu'un piège.

DESMARETS

Peu importe le mot. Allez, laissez-moi seul.

LUCIENNE

Non. Je reste.

DESMARETS

Pourquoi voulez-vous rester ?

LUCIENNE

Pour me venger.

DESMARETS

Je vous vengerai mieux que vous ne le ferez vous-même.

LUCIENNE

Qu'allez-vous faire ?

XXVII

DESMARETS

Ce que je dois.

LUCIENNE

Ah ! je comprends !... vous battre !... le tuer... Non. Ah ! non, vous ne ferez pas cela, Raymond ; car il n'est pas coupable et ce portrait qu'elle lui donna par faiblesse l'a autorisé à croire qu'il serait son amant quand il le voudrait.

DESMARETS

Oui, Mathilde m'a dit cela.

LUCIENNE

Mais ce que Mathilde ne vous a pas dit c'est que, si à cette heure il croit triompher ; s'il croit qu'elle cède et qu'elle l'attend ; s'il va venir enfin, c'est qu'il a trouvé là, tantôt, dans cette corbeille, ce qu'il exigeait d'elle en échange de son portrait : la clé de cette porte.

DESMARETS

Comment !... Mathilde... ?

LUCIENNE

Non, ce n'est pas Mathilde... c'est moi.

DESMARETS

Vous ?

LUCIENNE

Moi.

DESMARETS

Malheureuse !... et il l'a prise ?... (Il bouleverse la corbeille, la lettre tombe.)

LUCIENNE (La voyant.)

Ah ! (Elle la ramasse.) Non. Non, Raymond, il ne l'a pas prise ; la voici sous cette enveloppe (elle déchire l'enveloppe, la clé et la photographie s'en échappent), avec cette lettre que je n'avais pas vue. (Elle la lui remet.)

DESMARETS

Une lettre !... de lui. (Il lit la lettre.) « Madame. Demain je serai parti quand vous trouverez cette lettre. Vous aurez peut-être de moi le plus ridicule souvenir ! peu m'importe, vous n'aurez pas celui d'un malhonnête homme.

Je suis vengé. Durant toute cette nuit vous avez expié votre coquetterie. Pour vous j'ai été à la veille de tromper un ami ; de souiller l'hospitalité donnée ; pour vous j'ai joué vis-à-vis de votre parente un rôle méprisable. Votre beauté m'avait grisé : la possession de cette clé que je trouve là me dégrise. Je me réveille, et je vous jure que de tant d'amour il ne reste plus rien. Ci-joint la clé de votre chambre et votre portrait. »

SCÈNE XXI

Les Mêmes, MATHILDE

(Pendant la lecture de la lettre, Mathilde est entrée par la porte de gauche, et, blanche, pâle, pleurant, est allée s'agenouiller près de Desmarets. Quand la lecture est terminée, les sanglots de Mathilde appellent l'attention de Desmarets, qui se retourne vivement ; puis, lentement, se détourne et se couvre le visage d'une main. Alors Lucienne va vers Mathilde.)

LUCIENNE (A voix basse, lui donnant la photographie.)

Tiens... Il fallait bien la ravoir... (Haut.) Relève-toi, Mathilde, il sait que tu n'es pas coupable.

MATHILDE

Raymond !... pardon...

LUCIENNE

Allons, Raymond ; voyez son repentir, voyez ses larmes ; elle est assez punie... oubliez... pardonnez !

DESMARETS

Oui, vous avez raison, Lucienne. Viens, Mathilde ! (Il lui tend les bras.)

MATHILDE

Ah ! Raymond !

DESMARETS

J'oublie et te pardonne, moi... mais, elle...

LUCIENNE

Moi !... Je profiterai de la leçon : je resterai veuve ; et c'est peut-être moi qui dois te remercier.

MATHILDE (Se jetant à son cou.)

Ah ! tu n'es pas une femme, toi : tu es un ange !

DESMARETS (A part.)

Et lui !... il dort... Après tout, c'est peut-être drôle ce que je vais dire là, mais, entre nous, c'est encore un honnête homme. Je l'estime et lui garde mon amitié ; le cas ne me permettant pas de lui jeter la première pierre.

MATHILDE (A part.)

Ah ! il me le paiera !...

DERNIER PROPOS

A MADAME ★★★

Hommage de ma haute estime, de ma profonde amitié
et de mon entier dévouement.

APRÈS MOI !...

Comme sœur Anne, hélas ! qui ne vit rien venir,
j'ai guetté sur la tour des Espérances vaines ;
ne voyant, au lointain, que verdir les aveines,
le soleil poudroyer et les cieux s'infinir !

Dédaigneux du Présent, à sonder l'Avenir
mon cerveau s'est vidé ; j'ai desséché mes veines,
et, rêvant de Lauriers, de Roses, de Verveines,
par la Gloire et l'Amour je me suis vu bannir.

Vainement, j'ai souffert, dans mon âme illusoire,
de la faim des Baisers ; de la soif de la Gloire ;
et, du Rêve étoilé, d'être aimé !... d'être grand !...

J'appelle, maintenant, l'oubli de toutes choses !...
Qu'après moi, sur les bords de ce gouffre-torrent,
fleurissent les Lauriers !... les Verveines !!!... les Roses !!!...

Son ami dévoué,

JEAN-JACQUES MAGNE.

La Tour Jehan-Jacques, le 9 novembre 1894.

DOLE-DU-JURA. — TYPOGRAPHIE L. BERNIN.